Kurt Lehmkuhl: Tödliche Annakirmes

AF285050

Kurt Lehmkuhl

Tödliche Annakirmes

Kriminalroman

Bibliografische Information der Deutschen Nationalbibliothek: Die Deutsche Nationalbibliothek verzeichnet diese Publikation in der Deutschen Nationalbibliografie; detaillierte bibliografische Daten sind im Internet über www.dnb.de abrufbar.

Dieser Roman wurde 1997 im Meyer & Meyer Verlag, Aachen erstmals veröffentlicht. Der Abdruck erfolgt mit freundlicher Genehmigung des Gmeiner-Verlags, Meßkirch. Er veröffentlicht diesen Roman in seiner Reihe „E-Book only", ISBN 978-3-7349-9396-1.

©2020
Herstellung und Verlag: BoD – Books on Demand, Norderstedt.
ISBN 9783751906562

Kirmes-Schmitz

»Sie sind doch Journalist, oder?«

»Ja«, knurrte Bahn ungehalten. Er mochte es überhaupt nicht, wenn ihn jemand in seiner Mittagspause anquatschte, während er mit einem Schinkenbaguette in der Hand durch die Fußgängerzone bummelte und in die Schaufenster schaute. Und er mochte es noch weniger, wenn ihn jemand von hinten ansprach.

»Das ist doch wohl nicht verboten, oder?«, meinte er kauend, während er sich langsam umdrehte.

Bahn erblickte einen älteren, schäbig gekleideten Mann, nach seiner Einschätzung einen heruntergekommenen Penner. Trotz der hochsommerlichen Temperaturen Mitte Juli trug der unrasierte, langhaarige Mann einen viel zu großen, abgewetzten Lodenmantel, in dem er sich fast schon versteckte. Er hielt eine angetrunkene Flasche Metaxa in der Hand.

Der kann am Pegel der Flasche ablesen, wie viel Uhr wir haben, dachte Bahn zynisch, darauf gefasst, dass der Penner ihn gleich um ein Almosen anhauen würde. Instinktiv nestelte er in seiner Lederjacke herum, um vielleicht ein Geldstück zu finden. Dem Kerl ein paar Kröten in die Hand zu drücken, war wahrscheinlich die beste

Methode, ihn schnell wieder quitt zu werden. Er hatte Besseres zu tun, als sich von der Schnarchtüte in ein Gespräch verwickeln zu lassen.

Der Penner stierte Bahn lange mit großen, tiefliegenden Augen an, ohne etwas zu sagen.

»Was soll das?« Der Journalist reagierte herrisch. Er hatte es wahrlich nicht nötig, sich mit einem derartigen Typen abzugeben. Das war nicht seine Welt.

»Willst du Geld, oder was?«

»Kennen Sie mich denn nicht mehr, Herr Bahn?« Höflich und unsicher fragte ihn der Penner. Mit zitternden Händen führte er die Flasche an den Mund und nahm einen kräftigen Schluck. Zweifelnd und ängstlich blickte er Bahn an.

Bahn war verwirrt.

»Keine Ahnung, woher soll ich Sie denn kennen?« Er musterte vorsichtig den Alten, der die abschätzenden Blicke geduldig ertrug.

»Nein. Woher soll ich Sie denn kennen?«

Bahn biss in sein Baguette und blickte sich verstohlen um. Ein Gespräch mit einem Penner auf offener Straße mitten in der bevölkerten Dürener Einkaufspassage war nicht gerade nach seinem Geschmack. Auch war es ihm unangenehm, von Vorübergehenden mit diesem zersausten Zeitgenossen gesehen und eventuell sogar erkannt zu werden. Er war der Ansicht, förmlich die Blicke der Passanten auf sich zu ziehen, und manchen, der ihn anstarrte, glaubte Bahn zu kennen.

Dieser Störenfried gehörte einfach nicht zu seinem gesellschaftlichen Umfeld. Immerhin war der Journalist nicht unbekannt in Düren und er achtete dementsprechend auf sein Image.

Wieder musterte er den verhärmten Penner. Irgendwie, die Augen, dachte sich Bahn. An Augen erinnerte er sich gelegentlich. Vielleicht habe ich ihn doch schon einmal gesehen. Doch diese Augen, trüb, fast schon glasig tot, hatte er nicht ein Erinnerung.

Auch wenn er sich innerlich sträubte, seine Neugierde hatte der Unbekannte geweckt.

»Sie kennen mich garantiert«, meinte der Alte überzeugt. »Von der Annakirmes, Herr Bahn.« Er lächelte kurz.

»Klingelt's jetzt?«

Der Journalist schüttelte verneinend den Kopf.

»Tut mir leid. Ich weiß wirklich nicht, wohin ich Sie stecken soll.«

Die Annakirmes, das war so etwas wie seine zweite Heimat, da glaubte Bahn, sich bestens auszukennen. Die Dürener Annakirmes war das größte Volksfest zwischen

Köln und Aachen mit einer langen Tradition und mit ständig neuen Attraktionen. In jedem Jahr kamen bis zu eine Million Besucher an den acht Kirmestagen von nah und fern auf den Platz an der Rur.

Vom Rummel sollte er den Typen kennen?

Kann nicht sein, sagte er sich.

Helmut Bahn und die Annakirmes, das gehörte zusammen wie Pech und Schwefel oder Hänsel und Gretel. Als Redakteur des Dürener Tageblatts hatte er schon seit mehr als zehn Jahren über die Annakirmes geschrieben. Er kannte viele Schausteller persönlich und hatte manche gesellige Nacht in den Wohnwagen von Kirmesbeschickern versoffen. Wenn es galt, in der Lokalzeitung über den Rummel zu berichten, da lief Bahn zur Hochform auf, da gingen aber auch manchmal die Pferde mit ihm durch in seiner Begeisterung.

Kirmes und Karneval, das war seine journalistische Welt. Da gab es niemand in Düren, der ihm das Wasser reichen konnte. Wenn's um soziale oder kulturelle Themen ging, legte er den Rückwärtsgang ein und überließ sie gerne seinen Kollegen vom Dürener Tageblatt. Kirmes und Karneval, mehr brauchte er nicht an journalistischen Höhepunkten. Er wurde von den Schaustellern respektiert, ihm gewährten sie gerne einen Blick hinter die Kulissen, der anderen verwehrt blieb. Das hatten in den letzten Jahren zähneknirschend auch seine Kollegen der beiden lokalen Konkurrenzblätter, Dürener Zeitung und Dürener Nachrichten, akzeptieren müssen.

Bahn engagierte sich als Redakteur, aber in erster Linie als eingeschworener Dürener für die Annakirmes. Er hatte im Laufe der Jahre die Akteure und Besucher, die Betreiber der Fahrgeschäfte ebenso wie die Inhaber der Losbuden oder die vielen, oft wechselnden Gastronomen kennengelernt, und er hatte auch mit eigenen Ideen dazu beigetragen, das Kirmesprogramm noch zu verbessern. So hatte er Franz Zins, dem früheren Leiter des Amtes für Gewerbe und Marktangelegenheiten in der Dürener Stadtverwaltung, der wegen seiner souveränen und geschickten Art, den Rummel für die Stadt zu organisieren, liebevoll »Kirmesdirektor« genannt wurde, unter anderem vorgeschlagen, am Eröffnungstag der Annakirmes die Weltmeisterschaft im Kirschkernweitspucken auszutragen. Bei der Einführung einer alljährlichen Wahl der Miss Annakirmes hatte Bahn ebenfalls kräftig mitgemischt.

Und auch in diesem Jahr freute sich der Journalist schon auf das Volksfest, das in weniger als zwei Wochen beginnen sollte. Immer am letzten Samstag im Juli wurde die Kirmes Punkt 14 Uhr mit drei Böllerschüssen eröffnet, und er würde, wie immer, dabei sein.

Aber den abgehalfterten Typen, der jetzt in der belebten Fußgängerzone vor ihm stand, den konnte Bahn beim besten Willen nicht mit der Annakirmes in Zusammenhang bringen.

»Ich seh's Ihnen an, Sie kriegen's nicht auf die Reihe.« Wieder lächelte der Penner verständnisvoll. »Kein Wunder, woher sollen Sie mich auch wiedererkennen?« Entschuldigend und verlegen rückte er den schweren Lodenmantel zurecht.

Bahn war sich nicht schlüssig. Sollte er sich auf das Gespräch weiter einlassen oder sollte er sich mit einer Floskel verabschieden und zurückziehen? Gib' ihm 'ne Mark und es ist gut, sagte er sich und griff wieder in seine Lederjacke.

»Drei Jahre ist's schon her, dass wir uns auf der Annakirmes das letzte Mal gesehen haben, Herr Bahn.« Der Penner hatte ihm die Entscheidung über das weitere Vorgehen abgenommen.

»Ihre Freundin hatte da doch die Wahl zur Miss Annakirmes gewonnen. Sie waren darauf noch stolzer als Ihre Freundin und haben unentwegt gestrahlt.«

Bahn erinnerte sich nur zu gut an diese Zeit. Er hatte damals alle Hebel in Bewegung gesetzt, damit seine Dauerfreundin Gisela bei dem Wettbewerb gewann. Und es hatte geklappt, dank Schausteller und Organisatoren. Sie hatten Gisela im Wettbewerb mit allen Mitteln unterstützt und sie schon vorher mit allen Spielen und Fragen vertraut gemacht. Die kleine Kulissenschieberei zum Nachteil der anderen Kandidatinnen war nie rausgekommen.

Heutzutage wäre das nicht mehr möglich gewesen. Da hatte sich nach dem Abschied von Zins zu viel auf dem Rummel verändert, da war eine Wahl zur Miss Annakirmes nicht nur mit repräsentativen Pflichten, sondern auch mit handfesten wirtschaftlichen Vorteilen verbunden.

»Sie waren Sie doch noch bei mir an der Losbude.« Der Alte riss Bahn aus der Erinnerung. »Ich habe Ihrer Freundin einen Riesenteddybär gegeben. Sie haben uns dann fotografiert. Beim Zauberer nebenan haben wir dann mit Ihrer Freundin und dem Plüschbären den Trick mit der Kettensäge versucht. Das war doch eine gewaltige Sauerei. Das vergisst man doch nicht.«

Bahn schluckte und stutzte. Es fiel ihm wieder ein. Der Bär war durch die Kettensäge zerfetzt worden, seine Freundin war, selbstverständlich, unversehrt geblieben.

Er hatte damals eine Supergeschichte geschrieben vom Teddybären, der sich für Miss Annakirmes geopfert hatte.

Das war Kirmes, das war Schau pur gewesen.

»Und Sie waren damals an der Losbude?«, fragte er den Penner interessiert. »Und Sie haben den Teddy rausgerückt?« Krampfhaft kramte er in seinem Gedächtnis nach Anhaltspunkten, die auf diesen Kerl zutrafen. Irgendwie …

»Ja, ich war da an der Bude einer der Losverkäufer.«

Der Säufer stockte kurz und senkte verschämt den Blick. »Schmitz ist mein Name.«

Der Name kam Bahn bekannt vor. Schmitz gab es in Düren zwar so häufig wie kaum einen anderen Namen, von Müller einmal abgesehen, aber dieser Mann, der da vor ihm stand, den kannte er tatsächlich.

»Schmitz? Sind Sie etwa der Kirmes-Schmitz?« Bahn schüttelte ungläubig den Kopf. Das konnte eigentlich nicht sein. Das war geradezu absurd, dass dieser Typ vor ihm Kirmes-Schmitz sein sollte.

Kirmes-Schmitz war trotz seiner ihm eigenen Zurückhaltung eine Institution gewesen auf der Annakirmes. Kirmes-Schmitz hatte als bester Losverkäufer in Düren gegolten. Die Losbuden rissen sich alljährlich förmlich um ihn, wenn sie den Zuschlag für Düren bekommen hatten. Aber er war immer nur einer Bude treu geblieben. Kirmes- Schmitz hatte den richtigen Draht zu den Kirmesbesuchern, an ihm kam keiner vorbei im noch so großen Gedränge, ohne ein Los gekauft zu haben. Mit hohen Provisionen hatten sie ihn gelockt, auch auf dem Öcher Bend in Aachen und auf dem Pützchens Markt in Bonn-Beuel mitzuarbeiten.

Doch Kirmes-Schmitz hatte stets abgelehnt. Für ihn gab es nur die eine Kirmes, die Annakirmes in Düren.

Aber das war nur die eine Seite von Kirmes-Schmitz gewesen. Er hatte es gar nicht nötig, Lose zu verkaufen. Er tat es aus purem Spaß an der Freud'. Er hatte Bierbuden auf dem Rummel stehen. Zwar bescheiden im Hintergrund, aber strategisch gut verteilt, hatte er auf dem Kirmesplatz zuletzt zehn Getränkestände, die er von Aushilfskräften während der Kirmestage betreiben ließ. Kirmes-Schmitz hatte direkt nach dem Krieg die ersten Bierbuden angeschafft, und er gehörte seitdem einfach zum Rummel dazu. Die Bierquellen warfen genug Ertrag für ihn ab, um sorglos übers Jahr zu kommen.

Man respektierte Kirmes-Schmitz auf dem Platz und neidete ihm die Buden nicht. Es gab ausreichend Verdienstmöglichkeiten für die anderen Anbieter. Kirmes- Schmitz hatte sich nie aufgedrängt. Man kannte ihn zwar auf dem Rummel, nahm ihn aber doch nicht über Gebühr zur Kenntnis.

So still und leise, wie Kirmes-Schmitz sein stattliches Geld auf und mit der Annakirmes verdient hatte, so still und leise war er auf einmal auch verschwunden.

Selbst Bahn hatte nicht mitbekommen, dass Kirmes- Schmitz nicht mehr am Kirmesgeschäft teilnahm. Als irgendwann einmal das Thema auf dessen Ausscheiden kam, hatte es nur geheißen, Kirmes-Schmitz habe seinen Reibach gemacht und privatiere nur noch vor sich hin.

Damit hatte sich auch Bahn zufriedengegeben.

Und dieser Penner, der jetzt vor ihm stand, sollte Kirmes-Schmitz sein? Bahn konnte und wollte es nicht glauben.

Das konnte einfach nicht sein und war doch so.

»Ja, ich bin's. Ich bin Kirmes-Schmitz«, bestätigte der Alte leise und verschämt.

»Aber, wieso?« Bahn war betroffen und unbeholfen. »Was ist?« Er wusste nicht, wie er sich verhalten sollte.

Da half nur die alte Journalistenfrage, die immer wieder zog, wenn dieses Mal auch Verlegenheit mit dabei war: »Was kann ich für Sie tun?«

Schmitz schüttelte seinen Kopf. »Nichts. Es ist ohnehin zu spät.« Er schaute Bahn traurig an.

»Die Leber, der Suff. Ich hab' nicht mehr lange.« Wieder führte er zitternd die Schnapsflasche an den Mund. Er nahm einen kräftigen Schluck und hustete.

»Lassen Sie es gut sein, Herr Bahn.« Schmitz drehte sich ab und wollte davonschlurfen.

»Moment mal!« Bahn verstand überhaupt nichts mehr.

Er hielt den Penner am Ärmel fest.

»Erst fragen Sie mich, ob ich Journalist sei, und dann wollen Sie so sang- und klanglos verschwinden. Was wollten Sie denn eigentlich von mir, Herr Schmitz?«

»Nichts, wirklich nichts«, beteuerte der Penner. »Ich wollte mich nur noch testen, ob ich Sie richtig in meinem Gedächtnis habe.«

Bahn glaubte ihm nicht.

»So einfach kommen Sie mir nicht davon, Herr Schmitz. Wenn Sie mich schon auf der Straße anquatschen, dann will ich auch wissen, warum. Wenn Sie Geld wollen, bitte schön!« Bahn langte in eine Hosentasche, zog ein Bündel Geldscheine vor und reichte Schmitz einen Fünfziger.

Schmitz lehnte ab. »Ich komme schon alleine über die Runden.« Er atmete tief durch und schaute Bahn offen an.

»Ich bin tief gesunken, was?«

Bahn zuckte mit den Schultern.

»Na, das ist eine lange Geschichte, zu lange, um sie Ihnen hier und jetzt zu erzählen. Wenn Sie interessiert sind, sagen Sie mir Bescheid. Sie finden mich bestimmt leicht. Sie sind ja Journalist.«

Wieder drehte Schmitz sich um und jetzt schritt er hurtig davon, ehe der verblüffte Bahn reagieren konnte. Schnell war er in der Fußgängerzone zwischen den vielen Menschen aus Bahns Blickwinkel verschwunden.

Merkwürdig, wie das Schicksal so spielt, grübelte Bahn, während er langsam zur Redaktion in der Pletzergasse ging. Hoffentlich ziehen wir bald um, ärgerte er sich. Jedesmal musste er an der Redaktion der Dürener Zeitung vorbei, die unmittelbar gegenüber der DTB-Redaktion ihre Büroräume hatte. Mit der DZ kam Bahn einfach nicht klar. Das Blatt machte mit seinem Lokalteil dem Tageblatt gehörig zu schaffen. Die sind schon gut, die Jungs. Selbst der Lokalchef Fritz

Waldhausen hatte ein Kompliment für die Konkurrenz übrig, was wiederum Bahn missfiel.

Auf seinem Schreibtisch lagen etliche Manuskripte von freien Mitarbeitern, die die Redaktionssekretärin in den Rechner übertragen hatte und die er nun am Computer redigieren sollte.

Mit dem neuen Redaktionsleiter Waldhausen, der Anfang des Jahres eingestellt worden war, war auch ein neues Zeitalter in der Redaktion angebrochen. Die Redakteure saßen fast nur noch vor dem Computer und bearbeiteten elektronisch das Material anderer Schreiber. So sah es zumindest die neue Arbeitsphilosophie vor. Zeit für eigene Geschichten oder für eine intensive Recherche blieb da den Redakteuren normalerweise wenig.

Ich bin kein Journalist mehr, korrigierte Bahn insgeheim den Penner, während er mit Tastatur und Maus hantierte und auf den Bildschirm starrte, ich bin nur noch ein Redaktroniker. Dennoch nahm er sich vor, sich mit Kirmes-Schmitz zu treffen. Das war schon eine Sache der Solidarität unter altgedienten Kirmesleuten, zu denen sich auch Bahn zählte.

Warum war Kirmes-Schmitz bloß in der Gosse gelandet? Diese Frage interessierte Bahn sehr.

Daraus würde er eine spektakuläre Reportage
zaubern.

Unter Brüdern

Mit dem neuen Redaktionsleiter war nicht nur
ein neues Zeitalter in der Redaktion angebrochen. Waldhausen, der Nachfolger des im letzten November vermeintlich tödlich verunglückten Werner Taschen, hatte auch ein neues Ar-
beitsklima geschaffen. Waldhausen setzte ver-
stärkt auf Zusammenarbeit, hielt sich mehr im
Hintergrund und zog die Fäden. Er gab den Redakteuren mehr Freiheit für mehr Eigeninitia-
tive und damit zwangsläufig mehr Verantwortung für sich und das Blatt und kompensierte
damit den Frust, den das öde Redigieren am
Bildschirm schnell auslösen konnte.
Bahn gefiel dieser Stil, er kam ihm entgegen.
Mit Waldhausen, der vom Bonner Generalan-
zeiger zum Dürener Tageblatt gewechselt war,
lag er auf einer Wellenlänge, was bei Taschen
nicht der Fall gewesen war. Bahn hatte nach einem Gespräch mit der Chefredaktion in Köln
akzeptiert, dass er nicht DTB-Lokalchef werden
konnte. Im Nachhinein waren ihm die Gründe

egal, man hatte ihm seine Treue zum Verlag mit einer saftigen Gehaltserhöhung versüßt.

Unterm Strich hatte er jetzt nicht weniger im Portemonnaie als der drei Jahre jüngere Waldhausen, aber bei weitem nicht dessen Verantwortung.

Bahn berichtete seinem Chef am nächsten Morgen über die Begegnung mit Kirmes-Schmitz, als dieser ihm die Einladung zu einem Pressegespräch der Schausteller anlässlich der Annakirmes weiterreichte.

»Kümmer' dich drum«, kommentierte Waldhausen kurz. »Vielleicht gibt's ja 'ne Geschichte, du Kirmes-Experte. Und jetzt raus!« Damit gab er scherzhaft zu verstehen, Bahn solle sich auf den Weg machen. Geschichten ersitzt man sich nicht mit einem platten Hintern, sondern erläuft man sich, war Waldhausens Devise.

Bahn hatte freie Fahrt. Er wusste, er konnte sich voll auf Kirmes-Schmitz konzentrieren. Sein Chef würde in der Redaktion den ganzen Kleinkram wegputzen, sich zum Redaktroniker reduzieren, um dem Journalisten Bahn zu motivieren. Taschen hätte ihm wahrscheinlich die Geschichte weggenommen und dann als seine eigene dargestellt. Da war Waldhausen viel kollegialer.

»Weißt du, wo ich hier in Düren die Penner finde?«, fragte Bahn die Redaktionssekretärin. Fräulein Dagmar, die schon seit Jahrzehnten aus dem Sekretärinnenzimmer heraus als ruhender Pol die Redaktionsgeschicke dirigierte, runzelte erstaunt die Stirn. »Habe ich was verpasst? Willst du etwa unter die Schluckspechte gehen?« Sie dachte kurz nach. »Ich würde mein Glück entweder im Stadtpark versuchen oder am Brunnen im Park zwischen Langemarkstraße und Josef-Schregel-Straße.« Sie blickte kurz zur Uhr und überlegte. »Um diese Zeit werden sie wohl in der Innenstadt sein.«

Sie musste lachen, als sie Bahn verblüfft-fragendes Gesicht sah. »Die Geschäfte haben gerade aufgemacht. Die Penner müssen sich doch nach der langen, trockenen Nacht Nachschub holen. Und den gibt's nun mal nicht auf der grünen Wiese«, erläuterte sie.

»Vielleicht triffst du ja auch den Muschelsack zum gemeinsamen Schlucken.« Den Seitenhieb auf einen stadtbekannten Journalisten konnte sich Fräulein Dagmar nicht verkneifen. Der Kollege betrieb fast in Blickkontakt zum Pennertreff auf der Josef-Schregel-Straße seit vielen Jahre schon ein Redaktionsbüro, und er, ausgerechnet ein Verwandter, mit dem Fräulein Dag-

mar schon seit Jahren im familiären Dauer-
clinch lag, hatte die rote Nase beileibe nicht nur
vom chronischen Schnupfen.

»Der hat sich bei den Pennern doch immer die
Informationen geholt. Das macht der bestimmt
jetzt noch«, lästerte sie unverblümt.

Aber auch Bahn bekam noch eine spitze Bemerkung mit auf den Weg. »So wie du rumläufst,
erkennen die dich gleich als einen der ihren an.
Da bist du gleich unter Brüdern.«

Fräulein Dagmar stammt halt noch aus einer
Zeit, als die Herren Redakteure mit Schlips und
Anzug durch die Gegend liefen und am Schreibtisch Ellenbogenschoner über die Ärmel stülp-
ten, dachte sich Bahn zu ihrer Entschuldigung.

Er hatte an seinem Äußeren nichts auszusetzen,
wie er mit einem raschen Blick in den Gardero-
benspiegel feststellte. Das blonde Haar war
kurz geschnitten und gepflegt, das Lacoste-T-
Shirt und die Diesel-Jeans waren nicht verwa-
schen oder zerknittert und die Lloyd-Schuhe
waren frisch poliert.

Bahn machte kein Hehl daraus, er hatte es mit
Mitte 30 geschafft. Das Geld stimmte, seine
Dauerfreundin Gisela war fast immer für ihn da,
der alte Porsche 911 stand wie so oft im einge-
schränkten Halteverbot in der Nähe der Redaktion und sein Haus in der Boisdorfer Siedlung

nahm mit zunehmender Renovierung langsam die von ihm gewünschte Form an. Mir geht's gut, sagte er sich zufrieden, während er seine alte, abgewetzte und doch elegante Lederjacke vom Haken nahm.

Fräulein Dagmar hatte mit ihrer Überlegung recht gehabt, stellte Bahn anerkennend fest, als er vom Parkhaus an der Philippstraße um die Ecke zur Langemarckstraße bog. Die überschaubare Schar der Pennbrüder hatte sich in dem kleinen Park versammelt. Einige saßen auf dem Brunnenrand, andere hatten es sich im Gras bequem gemacht, auf den drei Bänken lagen ausgestreckt schlafende Gestalten.
Die Penner musterten Bahn ausgiebig, der sich langsam und zögernd näherte.
Gibt's denn hier 'nen Häuptling oder so?, fragte sich Bahn. Wen sollte er ansprechen? Die Typen hatten alle nicht seine Kragenweite. Ungepflegt und unrasiert, schäbig gekleidet lungerten die Penner herum, manche hatten Bierdosen in der Hand, leere Schnapsflaschen lugten aus dem vollen Abfallkorb. Viele Plastiktüten flogen umher.
Es fiel Bahn auf, dass die Männer dick vermummt waren. Alles, was sie besaßen, nämlich

ihre abgetragene, schmutzige Kleidung, trugen sie am Leibe.

»Was wollen Sie hier? Kann ich irgendwie behilflich sein?«

Überrascht von der Höflichkeit, mit der er angesprochen wurde, wandte sich Bahn dem Mann zu, der ihn gefragt hatte. Der Penner unterschied sich nicht sonderlich von seinen Weggefährten.

»Suchen Sie jemanden?«

Offensichtlich war es keine Seltenheit, dass ein Fremder in die Welt der Penner eindrang auf der Suche nach einem Verschwundenen, dachte Bahn.

»Ja«, bestätigte er, während er seine Augen durch das Gelände schweifen ließ. Doch er konnte Kirmes-Schmitz nicht entdecken.

»Wen suchen Sie denn?«, hakte der Penner höflich, aber im Ton schon bestimmter, nach.

»Kirmes-Schmitz«, antwortete Bahn. »Ich weiß nicht, ob Sie ihn kennen. Hier jedenfalls ist er nicht.«

»Wenn er nicht hier ist, dann gehört er auch nicht zu uns. So einfach ist das. Kirmes-Schmitz, den gibt es bei uns nicht. Das würde ich wissen.«

»Kann er denn woanders sein? Vielleicht gibt es ja noch einen anderen Treffpunkt?«

Für seine Frage erntete Bahn nur ein mitleidiges Lächeln.

»Wer will uns denn schon? Wir müssen doch froh sein, dass uns die Stadt hier duldet.« Der Penner strich sich mit zittrigen Händen durchs Haar.

»Vielleicht geistert Ihr Kirmes-Schmitz ja als Solist durch die Gegend.« Er bat Bahn um eine Beschreibung und fiel ihm ins Wort, als Bahn den zu großen Lodenmantel erwähnte.

»Ach, Sie meinen Loden-Willi.« Er lachte hell auf. »Das ist eine komische Type. Den sehen wir manchmal im Winter, wenn es irgendwo Suppe gibt.« Bereitwillig erzählte der Penner.

»Loden-Willi ist eigentlich keiner von uns. Das ist ein Einzelgänger, der fast den ganzen Tag auf einer Bank an der Rur, meistens in der Nähe des Annakirmesplatzes, sitzt. Der Loden-Willi ist ein Edelschlucker. Der trinkt nur Metaxa.« Für ihn stand das Urteil fest: »Der hat 'ne Macke. Dem haben se das Leben gestohlen.«

Nein, Loden-Willi sei keiner von ihnen. Er hielte sich von allen fern und würde mit niemandem sprechen.

»Wir sind Brüder und wir sind hier unter Brüdern, wenn Sie wissen, was ich meine.«

Bahn nickte verständnisvoll, obwohl er nicht verstanden hatte, was gemeint war. Nur so viel hatte er mitbekommen: In diesem Kreis würde er Kirmes-Schmitz nicht finden.

Grußlos machte er auf dem Absatz kehrt und ging zum Parkhaus zurück, in dem er den Porsche abgestellt hatte.

Geradewegs durch die Stadt fuhr er zum Kirmesplatz. Er war immer wieder erstaunt, wie dürftig und ungeordnet das riesige Gelände außerhalb der Kirmeszeit aussah. Noch deutete nichts darauf hin, dass in knapp 14 Tagen hier heitere, bunte Rummelatmosphäre herrschen würde.

Quer preschte Bahn über den Platz, fuhr dann hinter dem Firmengelände von Wolff und Söhne über den Rurdammweg parallel zur Eisenbahnstrecke der Rurtalbahn.

Doch blieb seine Suche nach Kirmes-Schmitz erfolglos. Auf vielen Bänken hockten zwar Erholungssuchende. Aber von Kirmes-Schmitz alias Loden-Willi gab es keine Spur.

Ein Blick auf die Uhr zeigte Bahn, dass er sich beeilen musste, wollte er nicht zu spät zum Pressegespräch der Schausteller kommen. Aus der Erfahrung der letzten Jahre steuerte er den großen Parkplatz an der Victor-Gollancz-Straße vor dem Hoeschmuseum an, statt sich auf eine nervige Stellplatzsuche in der Innenstadt zu machen. Von dort war es nur ein Katzensprung zum Franziskaner, in dem die Schausteller immer ihr letztes Pressegespräch vor der Annakirmes abhielten. Dabei wurden die neuesten Attraktionen vorgestellt und organisatorische Veränderungen bekanntgegeben, zugleich bot sich für Bahn wieder die Gelegenheit, die Bekanntschaften zu den Großen des Kirmesgeschäfts aufzufrischen. Man sah sich halt nur einmal im Jahr und freute sich auf die Gespräche beim Arbeitsessen nach dem offiziellen Teil.

Bahn staunte nicht schlecht, als er die Gaststätte wegen des Ruhetags verschlossen vorfand. Ein Blick auf die Einladung der Stadt belehrte ihn. In diesem Jahr fand das Pressegespräch im Rathaus statt.

Bernd Grundmann, der nach der Pensionierung von Zins die Leitung des Amtes für Gewerbe und Marktangelegenheiten übernommen hatte und damit für die Ausrichtung der Annakirmes zuständig geworden war, hatte in den kleinen Sitzungssaal des Rathauses eingeladen.

Eilig legte Bahn die wenigen Meter zum Verwaltungsgebäude zurück.

Grundmann hat zwar das Amt von Zins übernommen, aber nicht dessen Würde als »Kirmesdirektor«, dachte sich Bahn während seines kurzen Fußweges. Das war wohl auch so eine blödsinnige Neuerung von Grundmann gewesen, das Pressegespräch in der nüchternen Rathausumgebung und nicht in der gemütlichen Gaststätte durchzuführen.

Auch auf dem Kirmesplatz hatte er nach der Pensionierung von Zins allerhand umgekrempelt, eine neue Wegeführung angeordnet und die Verteilung der Geschäfte anders geregelt. Hatte bei Zins noch der stillschweigende Grundsatz bestanden, dass ein Drittel aller Schausteller aus dem Großraum Düren kommen sollte, so orientierte sich Grundmann beim Zuschlag einzig und allein an dem zu erwartenden Umsatz, nach dem die Stadt unter anderem ihren Finanzanteil von den Kirmesbeschickern beanspruchen konnte.

Diese von den kommunalen Politikern angesichts der leeren Haushaltskassen unterstützte Vorgehensweise hatte der Kirmes auf eine Art gut getan, wie Bahn eingestehen musste. Denn jetzt kamen auch die attraktiven Fahrgeschäfte nach Düren, die viel Raum benötigten. Sie nahmen den Platz ein, auf dem früher die kleinen, mit der Zeit überholten einheimischen Kirmesbuden gestanden hatten.

Zugleich aber hatte die Annakirmes etwas von ihrem Charme verloren. Es war größer, schneller, lauter, eben moderner auf dem Rummel geworden. Die normalen Kirmesbesucher hatten das Umdenken nicht einmal miterlebt. Bahn und die Fachleute hingegen hatten die Veränderung zu mehr Show und weniger Volkstümlichkeit durchaus bemerkt. Bis vor wenigen Jahren waren die Schausteller und die ständigen Kirmesbeobachter fast wie eine Familie gewesen, da fühlte sich Bahn noch unter Brüdern. Doch inzwischen waren die familiären Bande zum größten Teil zerrissen.

Bei dem Treffen im Rathaus machte der Vertreter der heimischen Schausteller gute Miene zum bösen Spiel. Er freue sich, dass es der Stadt wieder gelungen sei, eine tolle Kirmes auf die Beine zu stellen, lobte Franz Meier pauschal, um anschließend über die Sorgen und Nöte der kleineren Kirmesbeschicker zu klagen. Man werde an den Rand gedrängt.

Doch ging diese Klage unter in der Ankündigung der neuen Attraktionen. Erstmals sollte es eine Achterbahn mit einem Fünffach-Looping geben, den sogenannten Olympia aus München. Und direkt nebenan, am Kopf des Kirmesplatzes, sollte sich ein vollkommen neues Fahrgeschäft in Düren präsentieren: eine Wasserbahn, bei der als krönender Abschluss aus fast 30 Metern Höhe die Wagen steil in ein Wasserbecken hineinrutschten. Die Konstruktion sei vollkommen neu, berichtete Grundmann zufrieden.

»Wir brauchen uns mit der Annakirmes beileibe nicht vor anderen Kirmessen verstecken. Im Gegenteil, wir sind auf dem besten Wege, die anderen großen Kirmessen in den Schatten zu stellen, weil wir diejenigen sind, die die neuesten Fahrgeschäfte präsentieren, wie in diesem Jahr die Weltpremiere der Wasserbahn.«

Bahn hatte während der Vorstellung der einzelnen Fahrgeschäfte durch die Runde der Gesprächsteilnehmer geblickt. Neben den bekannten Gesichtern aus der Verwaltung und den Kollegen von DZ und DN, den Wochenblättern und Radio Rur erkannte er nur noch wenige altvertraute Gesichter. Eine neue Schaustellergeneration machte sich daran, das Kirmesgeschäft zu übernehmen, mehr Manager als Leute vom Rummel.

Das ist wohl der Lauf der Zeit, bedauerte Bahn. Die alten Schausteller waren mit Zins alt geworden und hatten jetzt abgedankt. Andere machten mit neuen Ideen und neuem Schwung weiter.

Jung und dynamisch war auch Grundmann, der das Gespräch forsch leitete und es geschickt verstand, für die neuen Attraktionen zu begeistern.

»Wir müssen dem Publikum jedes Jahr etwas Neues bieten«, erklärte er. »Wir müssen noch viele alte Zöpfe abschneiden, bis wir endlich zu den fünf Spitzenplätzen in Deutschland gehören.«

Bahn erkannte die Verbitterung bei den älteren Schaustellern, er vernahm aber auch die Zustimmung der jüngeren. Die Neuen dominierten, ihnen ging es nicht mehr um das Persönliche, ihnen ging es ums Geschäft. Auch dieses Pressegespräch war für sie Teil ihres Geschäfts. Zeit ist Geld, Zeit für ein anschließendes Arbeitsessen war da nicht mehr drin, stellte Bahn missmutig fest.

Rasch beendete Grundmann die Zusammenkunft. Zum Abschied überreichte er den Journalisten einen Schnellhefter, in denen sich vorgefertigte Texte über die Kirmes und Bilder der neuen Fahrgeschäfte befanden. Auch hatte er eine Liste beigelegt, in der alle Kirmesbeschicker aufgeführt waren.

Bahn blieb noch mit einigen älteren Schaustellern in einer Gruppe stehen. Für sie wie für ihn war das Gespräch immer der Moment des Wiedersehens nach einem Jahr gewesen. Doch war die Stimmung nicht mehr so unverkrampft und locker wie früher.

»Wir stehen alle im Stress, Helmut«, erklärte ihm Werner Holt, der schon seit Jahren mit einer Geisterbahn zur Annakirmes kam. »Wenn ich nicht in jedem Jahr etwas verändere und nicht zusätzliche Attraktionen einbaue, kann ich mein Geschäft bald vergessen.« Holt zeigte in die Runde.

»Du siehst ja selbst, wie sich bei uns alles verändert. Da musst du richtig froh sein, wenn du Bekannte triffst.«

Man schwieg sich an. Man wollte gerne miteinander reden, wusste aber nicht, worüber. Die Offenheit der früheren Jahre war weg. Man war zum Eigenbrötler geworden und sah in dem anderen zunächst einen Konkurrenten, längst nicht mehr den Kollegen.

»Wisst Ihr eigentlich, was aus Kirmes-Schmitz geworden ist?« Bahn beendete das peinliche Schweigen, nachdem er sich vergewissert hatte, dass die anderen Journalisten abgezogen waren; gerade in dem Moment, als Grundmann zu dem kleinen Kreis stieß.

»Feierabend, meine Herren!«, mischte sich Grundmann jovial ein. »Wir brauchen den Sitzungssaal für einen Ausschuss.«

Holt überhörte die Aufforderung. »Kirmes-Schmitz, das war noch ein Original. Keine Ahnung, was mit dem los ist, Helmut. Wissen Sie etwas, Herr Grundmann?«

Grundmann war erstaunt.

»Kirmes-Schmitz? Kenne ich nicht. Das muss vor meiner Zeit gewesen sein. In den letzten drei Jahren gab's den nicht auf der Annakirmes.« Er lachte. »Den hat wohl Zins mitgenommen.« Damit war für ihn das Thema erledigt und er ging.

Bahn sah keine Veranlassung, Holt über das Schicksal von Kirmes-Schmitz aufzuklären. Er ließ den Schausteller stehen, ging zu Fuß zur Redaktion und schrieb seinen Bericht über die tollen und neuen Attraktionen, die Grundmann in diesem Jahr für die Annakirmes gewinnen konnte. In die Pressemappe schaute er erst gar nicht hinein. Das lobende Gesülze vom städtischen Presseamt wollte er sich nicht antun. Die grell-bunten Fotos waren erfahrungsgemäß ohnehin unbrauchbar, da sie aus Werbeprospekten stammten. Er würde nach Dienstschluss die Mappe mit nach Hause nehmen. In seinem Arbeitszimmer hatte er schon vieles über die Annakirmes aus den letzten Jahren gesammelt.

Das musste man Grundmann schon bei allem Neid lassen, erkannte Bahn während des

Schreibens objektiv an. Er hatte es in jedem Jahr verstanden, neue Fahrgeschäfte aufzutreiben, die vermehrt Besucher nach Düren zogen. In den letzten drei Jahren war die Zahl der Kirmesfreunde um rund 150.000 gestiegen. Eine Zahl, die bewies, dass die Stadt und Grundmann mit ihrer Konzeption den Zeitgeist trafen.

Bahn sprach mit Waldhausen über den Wandel bei der Annakirmes. Er wollte eigentlich einen Kommentar dazu schreiben.

Doch hielt ihn Waldhausen davon ab. »Das bringt doch nichts, Helmut. Den Besuchern ist es schnurzpiepegal, was war und was ist. Die wollen Show und Unterhaltung, und das kriegen sie hier in Düren geboten.« Der Lokalchef grinste.

»Du könntest allenfalls schreiben, dass die Annakirmes die Klitsche in Aachen total an die Wand drückt. Wer einmal nach Düren gekommen ist, der lässt den Öcher Bend links liegen.«

Bahn winkte ab. »Okay, du hast gewonnen.«

»Und was macht Kirmes-Schmitz?«, fragte Waldhausen neugierig, während er sich einen Blouson überzog.

»Den habe ich nicht gefunden«, bekannte Bahn, »aber ich suche weiter.«

»Ich suche mit«, lachte Waldhausen unbekümmert. »Ich klemm' mich aufs Rad und mache eine Tour de Rur. Vielleicht begegne ich ihm ja.«

Bahn schaute gelöst seinem Chef nach, der die Treppe hinuntersprang. Der war ganz anders als der Vorgänger. Taschen hätte ihn jetzt wieder zynisch abgekanzelt und losgescheucht, Kirmes-Schmitz zu finden. Waldhausen sah die Arbeit zwar sachlich und nüchtern, aber zugleich viel lockerer, ohne dabei unprofessionell zu sein.

Das Radfahren war die einzige Macke, die Waldhausen mit Taschen teilte. Hoffentlich kommt der mir nicht auch noch unter die Räder, sagte sich Bahn.

In der Redaktion war nicht allzu viel zu tun. Kurz vor den Sommerferien gab es nicht mehr viele Termine, die von den Zeitungen zu besuchen waren. Düren sparte und bereitete sich auf den Urlaub und besonders auf die Annakirmes vor. Da blieb im Vorfeld des Kirmestrubels wenig Zeit für die Menschen, sich um andere Dinge zu kümmern.

Bahn griff zum Telefon und wählte seine private Nummer. Niemand nahm ab. Gisela war wohl nicht daheim.

Ihm war's recht. Dann konnte er wenigstens ungestört weiter an der Gestaltung seines Fotolabors arbeiten.

Es war gerade einmal 15 Uhr, als Bahn seinen Arbeitstag beendete. Fräulein Dagmar würde strickend die Stellung halten und garantiert anrufen, wenn noch etwas Wichtiges passieren sollte.

Das war auch so eine Neuerung gewesen, die Waldhausen eingeführt hatte.

»Wir arbeiten abends oft so lange, da können wir es uns auch erlauben, nachmittags zu gehen«, hatte er erklärt mit der Einschränkung, »wenn jeder davon überzeugt ist, dass er den Job an diesem Tag gut gemacht hat.« Wenn Waldhausen selbst ging, da konnte Bahn sicher sein, dann war die Zeitung für den nächsten Tag gut gemacht.

Der Journalist war zufrieden mit seinem Tagewerk. Er schnappte sich die Pressemappe und seine Lederjacke und ging auf die Straße. Er musste sich zunächst einmal orientieren, wo er überhaupt seinen Porsche abgestellt hatte.

Dann schlenderte er quer über den Marktplatz an der Stadtsparkasse vorbei in Richtung Kaiserplatz.

Ziellos blickte Bahn sich um. Er glaubte, Kirmes-

Schmitz entdeckt zu haben. Der Typ in dem schweren Lodenmantel bog gerade in die Hirschgasse ein und war in der Menschenmenge verschwunden.

Bahn eilte hinterher. Doch der Mann, der Kirmes- Schmitz sein konnte, war wieder untergetaucht. Bahn stöberte durch die Kneipen auf der Hirschgasse und an der Wirtelstraße. Erfolglos brach der Journalist die Suche ab und ging zum Zeppelin. Aber das Kölsch wollte ihm nicht schmecken. Er ließ das Glas angetrunken auf dem Tresen stehen und fuhr nach Hause.

Schade, dachte er sich, gerne hätte ich noch mit Kirmes-Schmitz gesprochen.

Er nahm sich vor, am nächsten Tag die Suche fortzusetzen.

Mitten im Leben

Gisela und Bahn hatten es sich nach dem Abendessen gerade im Wohnzimmer gemütlich gemacht und zankten sich darum, ob eine romantische Komödie oder ein hanebüchener Actionfilm auf der Flimmerkiste für Unterhaltung sorgen sollte, als irgendwo im Haus das Telefon klingelte.

»Das wäre ja auch ein Wunder, wenn wir mal einen Abend nur für uns hätten«, schimpfte Bahns Freundin, während sich beide auf die Suche nach dem schnurlosen Gerät machten. Es lag unter einem Stapel alter Zeitungen in der Küche, selbstverständlich dort, wo es keiner von beiden hingelegt haben wollte.

Bahn funkelte Gisela böse an, während er sich meldete.

Sie zog sich schmollend zurück und okkupierte die TV-Fernbedienung.

Der Anruf war garantiert nicht für sie.

»Hallo, hier ist der liebe Gottfried«, hörte Bahn die säuselnde Stimme von Gottfried Jansen. Sein langjähriger Informant, der offensichtlich von morgens bis abends den Funk aller öffentlichen Einrichtungen im Dürener Land abhörte, meldete sich wie immer mit der gleichen Floskel, wenn etwas Ungewöhnliches passiert war. Bahn kannte Jansen zur Genüge. Jansen griff fast nie ohne Grund zum Telefon, er war sein stattliches Informationshonorar allemal wert.

»Es gibt Arbeit für dich, mein lieber Helmut«, säuselte Jansen.

Bahn war hochkonzentriert, als Jansen die Stimmlage änderte und sachlich seine Informa-

tionen preisgab: »Verkehrsunfall auf der Rurstraße. Fußgänger überfahren, wahrscheinlich Exitus. Alle sind draußen.« Wieder
wechselte Jansen in die säuselnde Stimmlage.
»Mach was Schönes draus, Helmut. Viel Spaß.«

»Ich muss noch mal los«, rief Bahn Gisela zu. Er zog seine Lederjacke über und fingerte nach einem Schwarzweißfilm, während er zu seinem Wagen eilte. Mit einer Hand lenkend, legte er den Film in seine Nikon ein und ließ ihn bis zum dritten Bild durchlaufen. So konnte er sicher sein, dass der Streifen in der Kamera auch transportiert wurde. Einmal in seiner Karriere hatte er eine Pleite erlebt, als er in der Eile bei einem Hausbrand den Film hastig einspulen wollte und dieser dabei von ihm unbemerkt gerissen war. Häme und Spott der Kollegen waren die Folge, als er, anders als die Konkurrenz, keine Fotos von dem Feuerwehreinsatz liefern konnte. Daraus hatte er fürs Berufsleben gelernt.
Die Rurstraße war eine kleine Straße in einem schlechten baulichen Zustand zwischen der Rur und den Gewerbeflächen in Norddüren. Viel Verkehr herrschte nicht auf dem löchrigen Asphalt, der nur lückenhaft das darunter befindliche Kopfsteinpflaster verdeckte. Vor einigen

Jahren war das noch anders gewesen, als über diese, damals nicht asphaltierte Straße die Landwirte mit ihren schwerbeladenen Zügen die Rüben zur Zuckerfabrik gebracht hatten. Doch die Fabrik hatte längst den Betrieb einstellen müssen. Jetzt nutzten lediglich die wenigen Anlieger die Straße oder Insider, die hierin einen Schleichweg von Düren Richtung Norden sahen, sowie die Spaziergänger und Radfahrer, die zur Rur wollten.

An der Glashüttenstraße hatte die Polizei die Rurstraße abgesperrt und leitete den Verkehr um.

Bahn durfte die Absperrung ungehindert passieren. Er war bekannt und, wie er glaubte, auch einigermaßen beliebt bei der Schutzpolizei.

Die Polizisten konnten sicher sein, dass er ihre Arbeit nicht behinderte und sie mit Bildern vom Unfallgeschehen versorgte.

Bahn erkannte die Situation auf einem Blick, als er sich langsam der Unfallstelle näherte. Nur wenige Schaulustige beäugten in dieser abgelegenen Straße die Szenerie. Der Rettungswagen war ohne Warnbeleuchtung am Straßenrand geparkt, die Rettungssanitäter standen tatenlos daneben, die Polizisten plauderten miteinander. Auf der Straße lag ein lebloses Bündel, mit einer Plane abgedeckt. Es gab nichts zu retten. Man wartete vermutlich auf einen Priester und den Leichenwagen, dachte sich Bahn.

Mit Genugtuung registrierte er, dass von den anderen Tageszeitungen niemand am Unfallort war. Die Konkurrenz hatte den Polizeieinsatz an dieser abgelegenen Straße mit Sicherheit nicht mitbekommen.

Wie konnte hier bloß ein Unfall passieren?, fragte er sich. An einer Straßenseite gab es neben dem breiten begrünten Rand nur Schrebergärten, auf der anderen hinter dem Gehweg die Mauer einer Fabrik. Da musste man als Autofahrer auf 100 Meter Entfernung jeden Fußgänger sehen.

Ein Umstand störte ihn.

»Gibt es denn keinen Unfallwagen?« fragte Bahn statt einer Begrüßung den Einsatzleiter, der ihm freundlich die Hand schüttelte.

»Up, up and away«, erhielt der Journalist zur Antwort. »Der Mistkerl ist abgehauen. Der hat den Mann voll erwischt, so dass der im hohen Bogen über die Kühlerhaube geflogen ist. Der war tot, bevor der auf die Straße geknallt ist.«

Der Polizist schüttelte verärgert den Kopf.

»Jetzt ist's ein Fall für die Kripo geworden. Fahrerflucht nach Unfall mit Todesfolge.« Er zeigte auf die abgedeckte Leiche.

»Machste mir ein paar Bilder, Helmut.«

Bahn nickte bereitwillig. Auf eine Leiche mehr kam es ihm nicht an. Er hatte zu viele Unfälle miterlebt, um anschließend noch schlaflose Nächte zu haben. Die Berichterstattung über den Tod gehörte ebenso zu seinem Beruf wie ein Bild vom ersten Baby im neuen Jahr.

Bahn holte seine Kamera aus dem Porsche und schob das Blitzgerät beiseite, die Unfallstelle war hell genug ausgeleuchtet, um ohne Zusatzlicht arbeiten zu können.

Bereitwillig entfernten zwei Sanitäter die Abdeckplane.

Der Journalist erschrak, als er die Leiche erkannte.

»Den kenne ich doch!«, sagte er laut zu seinen Nachbarn.

»Das ist Kirmes-Schmitz.«

Doch die blickten ihn nur verständnislos an. Ihnen sagte der Name nichts.

Unverkennbar lag der Penner, dick vermummt in seinem Lodenmantel, in einer Blutlache auf dem Asphalt. Der eingeschlagene Kopf hing unnatürlich abgewinkelt rechts neben der Schulter.

»Genickbruch?«

Der Notarzt nickte bestätigend.

Bahn ging der Tod von Kirmes-Schmitz näher, als er gedacht hatte. Er spürte ein leichtes Zittern in den Händen und ein Unbehagen in der Magengegend. Dennoch machte er routiniert und konzentriert die Bilder für die Polizei und dann noch einige Motive für die Zeitung, nachdem der leblose Körper wieder abgedeckt war. Für ihn war es ein ungeschriebenes Gesetz, dass Ablichtungen von Unfallopfern nicht ins Blatt kamen. Das wussten auch die Polizisten, die den Journalisten stets unbeaufsichtigt gewähren ließen.

»Auch schon da, Herr Bahn?« Die rhetorische Frage lenkte Bahn von seiner Arbeit ab. Kriminalhauptkommissar Küpper von der Kriminalpolizei Düren hatte sich ihm unbemerkt genähert. Der Bernhardiner, wie Küpper wegen seines stets betrübten Blicks nur genannt wurde, streckte Bahn freundlich die Hand hin.

»Vor Ihnen ist man wohl nirgendwo sicher«, sagte er lächelnd.

Seit der Geschichte mit Taschen und dem Tod seines Kollegen Konrad Schramm im vergangenen November hatte sich die Beziehung zwischen Küpper und Bahn freundschaftlich entwickelt. Sie sprachen offen und gerne miteinander, wenn sie ungestört waren. Unter den Augen von Kollegen und in der Öffentlichkeit hielten sie sich an die gebotene Reserviertheit.

Erfreut erwiderte Bahn den Gruß. »Heute ohne Schatten?«

Küpper musste lachen. »Kein Angst, Wenzel kommt noch.«

Kommissar Wenzel, Küppers Assistent, war in Bahns Augen ein ausgemachtes Ekelpaket, ein unhöflicher Unsympath, ein Mensch, dessen Bekanntschaft man nicht unbedingt haben musste.

Wenzel näherte sich schwitzend. »Wohl wieder Polizeifunk abgehört, Herr Bahn? Oder woher wissen Sie, dass wir hier zu tun haben?« Wenzel hielt sich nicht lange an einer Vorrede auf. »Sie stören uns nur bei unserer Arbeit.«

Bahn scherte sich nicht um die Maulerei, er hielt es mit Küpper, der bei Wenzels Genörgel sein Gehör stets auf Durchzug schaltete.

»Ich kenne den Toten«, sagte er unbeeindruckt zu Küpper und schilderte seine Begegnung am Vortag.

Wenzel durfte das Gespräch grollend zu Protokoll nehmen. »Das alles wegen eines Penners. Wissen Sie denn wenigstens, wie der richtig hieß? Kirmes-Schmitz ist doch kein

Name.«

»Loden-Willi auch nicht«, fiel ihm sein Chef scharf ins Wort. »Aber wenn du jetzt endlich einmal richtig kombinieren würdest, kämest du von alleine auf die Antwort.«

Bahn musste grinsen, während Küpper den Kollegen aufforderte, die Kleidung zu untersuchen und eine gerichtsmedizinische Überprüfung der Leiche anzufordern.

»Und beeil' dich. Ich will morgen die Ergebnisse.«

Wenzel trollte sich beleidigt. Er fühlte sich jedesmal zurückgesetzt, wenn Küpper mit Bahn zusammentraf. Der vertraut Bahn mehr als mir, dachte er sich, und er hatte allen Grund dazu, so zu denken.

Viel war am Unfallort nicht zu recherchieren. Bremsspuren waren nicht vorhanden, Glassplitter fanden sich nicht, ob es Lackreste auf der Kleidung von Kirmes- Schmitz gab, müsste das kriminaltechnische Labor herausfinden. Augenzeugen hatten sich nicht gemeldet.

»Das kann mir keiner erzählen, dass das ein Unfall war. Der Schweinehund hat Kirmes-Schmitz voller Absicht über den Haufen gefahren«, meinte Bahn entschieden zu Küpper.

Der Kommissar nickte bedächtig. »Wollte der gezielt Kirmes-Schmitz umfahren oder den

Menschen, der gerade zufällig über die Straße ging? Das ist die Frage, die ich mir stelle, wenn ich davon ausgehe, dass es sich tatsächlich nicht um einen Unfall handelt.«

Küpper blickte sich nach Wenzel um, der lustlos an der Leiche herumfingerte. »Ist ja eigentlich egal, welche Variante wir durchspielen, es bleibt zumindest eine Unfallflucht.« Schnell ging er zu seinem Dienstwagen und sprach ins Funkgerät.

»Da ist nix«, erklärte Wenzel nach seiner oberflächlichen Suche seinem Chef.

»Jedenfalls nix, was den Typen wieder lebendig machen könnte.«

Inzwischen war der Leichenwagen gekommen. Die Leiche von Kirmes-Schmitz war rasch in den Zinksarg verstaut.

»Wohin damit?«, fragte der Fahrer den Kommissar, der zurückgekommen war.

»Etwa zur Obduktion?«

Küpper bejahte. Er hatte zwischenzeitlich mit dem Staatsanwalt das weitere Vorgehen abgesprochen.

»Auch das noch«, stöhnte Wenzel. »Alles wegen eines Penners. Der hat uns doch schon genug Geld gekostet. Muss das sein?« Er wusste, was auf ihn zukam. Bei Obduktionen musste immer ein Ermittler zugegen sein, und es traf immer ihn, wenn in Düren die medizinische Untersuchung einer Leiche anstand. Verärgert ging er zum Dienstwagen, in den er sich verkroch.

Küpper schüttelte nur den Kopf.

»Der wird bald 30 und hat's immer noch nicht kapiert. Der meint immer noch, er sei der Nabel der Welt und ist dabei doch nur das Arschloch.« Küpper blickte Bahn an.

»Helmut, noch 'n Bier beim Stollenwerk?«

Doch Bahn winkte dankend ab. Er wollte nach Hause. Nach dem Tod wollte er das Leben haben, mitten im Leben sein, das Leben genießen, mit Gisela reden, in ihren Armen an nichts denken. Das war ihm lieber als der Alkohol, auch wenn es Küpper war, der ihn eingeladen hatte.

»Na dann nicht«, meinte der Kommissar, »dann fahre ich eben meine Mutter besuchen.«

Wieder wurde in Bahn die Erinnerung an ihre erste intensive Begegnung wach. Küppers Mutter wohnte im Schenkel-Schoeller-Stift in der Nähe von Schloss Burgau.

Dort, wo Schramm gestorben war.

Verdammt, bin ich denn nur von Toten umgeben, wollte Bahn die Sentimentalität beiseite wischen. Erst Schramm, jetzt Kirmes-Schmitz, beide hatten ihm nahegestanden.

Ich will Leben um mich haben, sagte er sich, als er den Porsche knüppelte und zur Kampstraße in der Boisdorfer Siedlung preschte.

Gisela hatte auf ihn gewartet. Bahn setzte sich zu ihr auf das Sofa und legte den Arm um sie. Gisela kuschelte sich an ihn.

»Was war denn?« Sie kannte Bahn gut genug, um zu wissen, dass etwas geschehen war. Schon als er ins Haus gekommen war, hatte sie es an seinem melancholischen Gesichtsausdruck bemerkt.

Doch bevor er erzählen konnte, klingelte abermals das Telefon. Gisela hatte es vorsorglich neben das Sofa gelegt.

»Es wäre ja auch zu schön gewesen«, seufzte sie.

»Nicht schon wieder Gottfried!« Bahn sah sich schon zum nächsten Unfall fahren.

Es war tatsächlich Jansen.

»Na, wie war's, mein Lieber?«, fragte er gutgelaunt. »Was hast du bloß mit deinem Freund Willi Schmitz gemacht?«

»Woher weißt du?«

»Ich weiß alles, das weißt du doch, mein Lieber.«

Bahn fiel es ein. Küpper musste den Namen genannt haben, als er über Funk mit dem Staatsanwalt gesprochen hatte. »Und was weißt du noch mehr, wenn du doch alles weißt?« Bahn drehte den Spieß um.

»Nun, ich weiß, dass die Sache nicht ganz koscher ist«, meinte Jansen. »Das war doch kein Unfall. Da gibst du mir doch wohl recht?«

Bahn pflichtete ihm bei. »Obwohl die Polizei da noch vorsichtig ist«, räumte er ein.

»Quatsch!« Jansen antwortete barsch. »Bei denen glühen die Drähte heiß. Die wissen nichts und gehen doch von einem Verbrechen aus. Du müsstest mal hören, was die sich alles gegenseitig zufunken.«

»Mann, Gottfried, was ist denn Sache?« Bahn störte das nichtssagende, geheimnisvolle Gerede von Jansen.

»Okay, okay«, beruhigte ihn sein Informant. »Bislang kennt die Polizei nur den Namen des Toten. Wohnort und Beruf sind unbekannt. Das ist wohl ein Penner, oder?«

»Richtig«, bestätigte Bahn mit einem Blick auf Gisela, die das Telefonat über einen Kopfhörer mitbekam. »Ausweispapiere hatte der Tote nicht bei sich. Nur ein Bündel mit Geld, rund 300 Mark. Eigentlich recht viel für einen Saufbruder«, kommentierte Jansen. »Dann faselten die noch etwas von einem Brief, den sie bei Schmitz gefunden haben«, fuhr er fort. »Aber da blicke ich noch nicht ganz hinter. Jetzt jedenfalls sind die Bullen auf der Suche nach Leuten, die zuletzt mit Schmitz zusammen waren.«

Jansen war bestens über alle Schritte der Polizei informiert. »Das bringt aber garantiert nichts.« Er kicherte. »Wissen die eigentlich, dass du dich gestern noch mit Kirmes-Schmitz getroffen hast?«

»Wieso?« Bahn war verblüfft.

»Wenn nicht, dann machst du dich aber verdächtig, mein Lieber. Du bist wohl der Letzte, der Kirmes-Schmitz lebendig gesehen hat. Was hast du mit dem gemacht?«

»Ich kann dich beruhigen, ich habe alles gesagt. Aber woher weißt du das denn? Hat die Polizei das etwa auch über Funk erzählt?«

Jansen prustete vor Lachen. »Du bist gut. Da steht der berühmteste Journalist von Düren stundenlang mit einem Penner im Gespräch vertieft auf der Wirtelstraße und wundert sich anschließend, dass ganz Düren darüber Bescheid weiß.«

Bahn wunderte sich bei Jansen über nichts mehr. Der wusste einfach alles. Oder fast alles, schränkte er ein. Es war schon erstaunlich, wie schnell sich sein Gespräch mit Kirmes-Schmitz herumgesprochen hatte.

»Und das macht mich verdächtig?«

»Natürlich nicht. Wir wissen ja, dass du ein Guter bist. Und dein Porsche ist dir doch viel zu schade, um damit einem Penner umzunieten.«
Bahn kam eine Idee. »Gottfried, du bist doch der größte Alleswisser auf der Welt. Schau doch 'mal, ob du irgendetwas über Willi Schmitz herausfinden kannst. Du bekommst auch ein Extrahonorar.«

Jansen nahm nicht gerne Aufträge an, er ließ sich nur ungern bestimmen. Locken konnte ihn nur eins: Bargeld.

Er ging auf Bahns Bitte nicht ein. Das war auch nicht zu erwarten gewesen. Vielleicht würde er sich darum kümmern, vielleicht auch nicht. Das wusste Bahn, das gehörte zum Spiel.

»Apropos Honorar.« Jansen wurde wieder ernst. »Das war etwas wenig im letzten Monat. Tu mal 'ne Schüppe drauf, sonst kann ich meine Telefonrechnung nicht mehr bezahlen.«

Er müsse mit Waldhausen darüber reden, aber es werde wohl klargehen, beschwichtigte Bahn seinen Informanten.

Ohne Jansen wäre die Redaktion aufgeschmissen, wäre der zweifelsfrei gegebene Informationsvorsprung vor der Konkurrenz der beiden anderen Lokalzeitungen schnell

50

dahin. Wie gut, dass Jansen nicht wusste, wie wertvoll er tatsächlich war. Der hätte alles bekommen, wenn er es verlangt hätte. So aber konnten Bahn und Waldhausen die finanziellen Streicheleinheiten für Jansen noch nach ihrem Gutdünken dosieren, auch wenn das Honorar für ihn im Vergleich zu dem für andere freie Mitarbeiter und Informanten erheblich höher war.

»Du kriegst schon dein Geld, Gottfried.«

»Und du deine Informationen. Schlaf' gut, mein Lieber, und lass' die Finger von deiner Freundin!« Ohne weiteren Gruß legte Jansen schnell auf.

Bahn hörte gewiss oft auf die Ratschläge und Hinweise von Jansen. Aber die letzte Empfehlung überhörte er geflissentlich und zur Freude von Gisela.

Sie sehnte sich nach seiner Nähe, da war ihr der Tod von Kirmes-Schmitz ziemlich gleichgültig.

Die Flaschenpost

Erst gegen zehn Uhr fuhr Bahn am nächsten Morgen zur Redaktion. Gisela hatte ihn auf angenehme Weise davon abgehalten, früher das Haus zu verlassen.

Er hatte gerade die Tür zur Redaktion geöffnet, als Fräulein Dagmar ihn auch schon abfing.

»Küpper hat angerufen. Du sollst sofort zur Kripo kommen. Es sei wichtig.«

Bahn zögerte.

Doch die Redaktionssekretärin hatte ihn schon verstanden.

»Du kannst los«, beruhigte sie ihn. »Fritz hat alles geregelt, der macht den Kram alleine. Du sollst dir ruhig Zeit lassen.«

»Dann sag' ihm, ich mache 100 Zeilen und ein zweispaltiges Bild für die erste Seite. Kirmes-Schmitz ist gestern überfahren worden.« Bahn wandte sich wieder dem Ausgang zu.

»Da mache ich 'nen Aufmacher draus«, rief er Fräulein Dagmar zu, während er durchs Treppenhaus lief.

Direkt gegenüber der Redaktion hatte er vor dem Eingang zur DZ seinen Porsche in der Pletzergasse abgestellt. Dort herrschte zwar eingeschränktes Halteverbot. Aber nicht für ihn. Die Politessen kannten ihn und seinen Wagen und drückten in aller Regel ein Auge zu, wenn er sich nicht wie die normalen Verkehrsteilnehmer verhielt.

Schnell kurvte Bahn durch die Innenstadt zum Polizeigebäude an der August-Klotz-Straße und nahm mit leichten Schritten die Treppen zu Küppers Büro im vierten Stock des Kriminalkommissariats.

Der Kommissar wartete schon auf ihn. Wenzel hatte sich an seinem Schreibtisch in der Ecke niedergelassen und beäugte argwöhnisch den Journalisten, der neugierig grüßte. Küpper bot ihm eine Tasse Kaffee an, ehe er zum Thema kam.

»Wir stehen vor einem Rätsel, Herr Bahn. Wir wissen von dem Toten nur, dass es sich um einen gewissen Willi Schmitz handelt, auch Kirmes-Schmitz oder Loden-Willi genannt. Und dabei müssen wir noch davon ausgehen, dass Ihre Aussage zutreffend ist. Mehr haben wir nicht«, bekannte er freimütig. »Wir wissen nicht, wo sich der Verstorbene aufhielt oder was er machte. Schmitz ist zwar im Einwohnermeldeamt der Stadt Düren mit einer Adresse an der Blumenthalstraße gemeldet. Aber dort ist er schon vor etwas weniger als zwei Jahren weggezogen, wie Nachbarn uns sagten. Da weiß keiner was von ihm.«

Nachdenklich rührte der Kommissar in seiner Kaffeetasse. »Wir haben noch nicht einmal einen Angehörigen ausfindig machen können.«

Bahn dachte nach. Die Blumenthalstraße musste im Grüngürtel liegen, einem Viertel mit Mietshäusern. Da war klar, dass beim ständigen Kommen und Gehen in den Wohnungen die Nachbarn schnell vergaßen. Und Schmitz gab es zuhauf in Düren. Er selbst kannte das Privatleben von Kirmes-Schmitz ja auch nicht, gestand er sich ein. Es hatte ihn im Prinzip auch nicht interessiert. Kirmes- Schmitz war für ihn nur von Interesse gewesen, solange er etwas mit der Annakirmes zu tun hatte. Selbst dort war der Tote letztlich nur Bestandteil einer abgeschlossenen Vergangenheit gewesen.

»Und nun?«, fragte er Küpper.

»Nichts«, antwortete der Kommissar. »Wir warten das Ergebnis der medizinischen und kriminaltechnischen Untersuchung ab und werden dann ein Armenbegräbnis veranlassen.« Er blickte Bahn an. »Ich glaube nicht, dass wir den Todesfahrer finden werden. Der ist über alle Berge.«

»Keine Hinweise aus der Bevölkerung?«

»Das geht Sie überhaupt nichts an, Herr Bahn«, mischte sich Wenzel vorlaut ein. Er gab deutlich zu verstehen, dass ihm das Gespräch zwischen seinem Chef und dem Journalisten missfiel.

Küpper überhörte den zornigen Einwurf.

»Heute Morgen gab es zwei Anrufe, nachdem Radio Rur in den Lokalnachrichten berichtet hat«, antwortete er. Fast schon entschuldigend meinte er zu Bahn: »Ich musste gestern Abend noch auf Anweisung des Staatsanwaltes ein Fax an die Medien schicken. Da steht aber nur drin, dass ein unbekannter Mann Mitte 60 auf der Rurstraße von einem Auto angefahren und getötet wurde und der Todesfahrer flüchtig ist.« Er lächelte.

»Sie können immer noch Ihre Geschichte von Kirmes- Schmitz machen, Herr Bahn. Das weiß sonst niemand.«

Bahn atmete erleichtert auf, und Küpper fuhr fort: »Ein Anrufer will einen blauen Opel gesehen haben, der über die Straße gerast sei, nachdem es laut geknallt habe. Ein anderer verdächtigt den Fahrer eines roten Audis. Das war's auch schon. Beide Hinweise bringen uns verständlicherweise nicht weiter.«

Küpper schenkte Kaffee nach.

»Das einzige, was wir wissen, war eigentlich von vornherein klar: Der Tote hatte natürlich Alkohol im Blut. Der hatte knapp an die drei Promille, als er starb.«

»Der war so besoffen, dass der gar nicht merkte, wo er war«, ließ sich Wenzel verächtlich hören.

»Das glaube ich nicht, Herr Kollege«, erwiderte Küpper streng. »Der war Alkoholiker und brauchte seinen bestimmten Pegel, um überhaupt leben zu können.«

Er wandte sich wieder dem Journalisten zu.

»Aber vielleicht bringen Sie uns weiter, Herr Bahn?«

»Wieso das denn?« Bahn war erstaunt. »Was hab' ich denn damit zu tun?«

»Wahrscheinlich mehr, als Sie denken«, antwortete Küpper. Von seinem Schreibtisch nahm er einen Briefumschlag, den er Bahn entgegenhielt.

»Der ist für Sie. Wir haben ihn gestern am späten Abend noch im Mantel des Toten gefunden«, erklärte er mit einem strengen Blick zu Wenzel. »Ich hatte die Kleidung noch einmal gründlich durchsucht. Wir haben den Brief selbstverständlich auch schon geöffnet und den Inhalt erkennungsdienstlich untersucht. Aber es befinden sich darauf nur die Fingerabdrücke von Schmitz. Sie können also ruhig zupacken«, meinte er, als er Bahns Zaudern sah.

Vorsichtig griff der Journalist zu, als müsse er ein dösendes Krokodil streicheln.

»Nicht so ängstlich, Herr Bahn«, lästerte Wenzel, »das ist doch nur ein Brief von einem Penner für sie, gewissermaßen eine Flaschenpost, aber keine Briefbombe.«

Auf dem Briefumschlag hatte Schmitz mit unruhiger, schwer lesbarer Schrift die Adresse des Dürener Tageblatts und den Namen von Bahn geschrieben. Auch war schon eine Briefmarke aufgeklebt. Einen Absender gab es nicht.

Mit spitzen Fingern öffnete Bahn den Umschlag und zog ein Blatt hervor. Es war die Kopie eines Schreibens der Kontinentalia-Versicherung an Kirmes-Schmitz. Als Adresse war ein Postfach in Düren angegeben. Datiert war das Schreiben auf einen Tag, der ziemlich genau zwei Jahre zurücklag.

Der Inhalt bestand nur aus wenigen Zeilen: »Herr Schmitz, wir bedauern, Ihren Schaden nicht begleichen zu können. Der von Ihnen angegebene Schaden fällt nicht unter den Ihnen von uns gewährten Versicherungsschutz.«

»Wissen Sie, was das soll?« Irritiert wandte sich Bahn an Küpper.

Der Bernhardiner schüttelte verneinend den Kopf. »Wenn Sie's nicht wissen.«

»Ich kann mir da keinen Reim drauf machen«, meinte der Journalist. »Kirmes-Schmitz wollte zwar noch einmal mit mir reden, hat er mir bei unserem zufälligen Treffen gesagt. Aber es sah nicht aus, als sei es eilig«, meinte er in der Erinnerung an die Begegnung in der Wirtelstraße. »Und er hat überhaupt keine Andeutungen gemacht, die mit diesem Brief in Zusammenhang stehen könnten. Ich weiß wirklich nicht, was das soll.«

Stöhnend erhob sich Küpper sich von seinem Schreibtischstuhl. »Ich weiß es auch nicht. Das war's dann wohl. Nehmen Sie sich den Brief als Andenken mit. Ich hab' mir schon eine Kopie für die Akte gemacht.« Er schüttelte Bahn zum Abschied die Hand.

»Wie heißt es doch so schön: kurzer Strich, langer Strich, abgehakt. Lassen wir Kirmes-Schmitz in Frieden ruhen.«

Nachdenklich ging Bahn zu seinem Porsche, den er auf dem Besucherparkplatz abgestellt hatte. Im Wagen zog er den Brief aus einer Tasche seiner Lederjacke und las ihn noch einmal durch. Er wurde einfach nicht schlau aus dem Schreiben.

Zunächst wollte er zur Redaktion zurückfahren, doch dann überlegte Bahn es sich anders. Er fuhr zur Rurstraße, und er sah dort seine Überlegung bestätigt. Nicht weit von der Stelle entfernt, an der Kirmes-Schmitz überfahren worden war, befand sich ein gelber Briefkasten. Etwas verloren hing er an einer windschiefen Mauer, direkt gegenüber einem Durchgang zur Schrebergartenkolonie. Der wollte den Brief hier in den Kasten werfen, vermutete Bahn.

Er ging über den schmalen Weg zwischen den Schrebergärten bis zu den Rurwiesen.

Es war noch menschenleer am Uferstreifen. Am Nachmittag würden Sonnenhungrige und Wasserratten kommen und das Gelände bevölkern. ›Mallorca für die Armen‹, so wurde dieser Flecken am Fluss gerne genannt.

Es zog ihn zu einer hölzernen Bank, die er in einigen Metern Entfernung gesehen hatte. Hier könnte Kirmes- Schmitz gesessen und den Brief geschrieben haben, dachte Bahn. Er blickte in den überquellenden Abfalleimer und wurde wieder fündig. Eine leere Metaxa-Flasche lag obenauf.

Als er sie packte, sah Bahn darin einen zusammengerollten Briefumschlag. Kurzentschlossen zertrümmerte er die Flasche auf einem Stein. Der Briefumschlag war ebenfalls von Kirmes-Schmitz, wie Bahn an der Schrift unschwer erkannte. Kirmes-Schmitz hatte die Privatadresse von Bahn auf den leeren Umschlag geschrieben.

Wahrscheinlich hat er es sich anderes überlegt und mir dann über die Redaktion die Kopie zuschicken wollen, folgerte Bahn. Er steckte den Umschlag ein und ging zu seinem Wagen.

Der Blick auf die Uhr machte ihm ein schlechtes Gewissen. Er wollte die Geduld und Rücksichtnahme von Waldhausen nicht über Gebühr strapazieren.

Der Kirmesdirektor

Der Lokalchef hatte sich auf Bahn verlassen können.

»Ich hab' dir auf der Eins den Platz gelassen, den du haben wolltest«, sagte er gelassen, als Bahn kurz nach Mittag in die Redaktion gehastet kam.

»Was ist denn eigentlich los?«

Kurz und präzise schildert Bahn das Geschehene und zeigte seinem Chef die Briefumschläge.

»Willst du dranbleiben?« Waldhausen schaute ihn fragend an.

»Aber klar doch.«

»Und wie?«

»Ich weiß noch nicht, aber das fällt mir ein, wenn ich meinen Artikel schreibe. Die Überschrift habe ich schon: ›In den Tod getorkelt?‹« Begeistert war Waldhausen wahrlich nicht von diesem Titel, wie sein Gesichtsausdruck unmissverständlich verriet. »Da denk' dir mal was anderes aus, mein Freund. Oder soll ich die Überschrift machen, wenn du mit dem Schreiben fertig bist?«

Bahn nahm das Angebot dankend an. Er empfand es als wohltuend, wie sein Chef ihn und seine Kollegen unterstützte, wo er nur konnte.

Der Artikel war schnell geschrieben. Das Bild, das die Plane zeigte, die den Toten verhüllte, war in wenigen Minuten entwickelt. Bahn gab den Abzug Fräulein Dagmar, die ihn einscannte und elektronisch zur Zentralredaktion nach Köln jagte.

Derweil sucht Bahn im Telefonbuch nach der Nummer von Franz Meier und wurde rasch fündig. Der Vorsitzende der Dürener Schaustellervereinigung wohnte nach dem Bucheintrag in Arnoldsweiler. Telefonisch wollte Bahn mit ihm ein Treffen vereinbaren.

Doch er hatte Pech. Meier ließ über seinen Anrufbeantworter mitteilen, dass er für eine Woche abwesend sei.

Na klar, dachte sich Bahn, der war zum Pressegespräch nur auf Stippvisite im Rathaus und nimmt noch eine andere Kirmes mit, bevor es in Düren losgeht. Bei Holt würde es nicht anders sein. Der erschreckte jetzt bestimmt woanders die Kinder.

»Da bleibt nur noch Zins«, meinte Bahn in seinem Zwischenbericht zu Waldhausen. »Vielleicht kann mir der Kirmesdirektor weiterhelfen. Ich will jetzt wissen, was mit Kirmes-Schmitz los war.«

Die Freude von Zins war ungekünstelt, als er Bahn am Nachmittag vor seinem Haus in der Friedenau in Kreuzau begrüßte. »Du hast Glück, dass ich überhaupt da bin, Helmut. Ich sollte eigentlich nach Koblenz fahren«, erklärte der Pensionär. »Die wollen dort einen Rummel aufbauen und ich soll sie dabei beraten.« Er bat den Journalisten ins Haus und seufzte.

»Es ist halt ein altbekanntes Sprichwort: Der Prophet gilt nichts im eigenen Land.«

Bahn wusste, was Zins damit meinte. Der Kirmesdirektor hatte immer noch nicht den abrupten Abschied von seiner Annakirmes verschmerzt. Als er vor drei Jahren beim Ausklang des Rummels aus dem Dienst der Stadt Düren verabschiedet worden war, gab es zwar viele herzliche Worte, aber keine Taten. Selbstverständlich wollte man ihn weiter um Rat fragen bei der Gestaltung der Annakirmes, hatte bei seinem Abschiedsfest der Bürgermeister vollmundig erklärt. Und der Stadtdirektor hatte verklärt ergänzt, solch einen Fachmann wie ihn könne die Stadt nicht so leicht ersetze.

Doch seitdem hatte ihn niemand mehr gefragt. Zins wurde von der Stadt noch nicht einmal als Ehrengast zur Eröffnung der Kirmes oder zum traditionellen Abend der Stadt eingeladen. Er gehörte nicht mehr dazu. Seine Zeit war vorbei. Auch Grundmann, der zuvor dem Kirmesdirektor unterstellt gewesen war, hatte seinen Vorgänger nicht mehr um Rat gefragt.

»Das verstehe ich sogar noch«, meinte Zins zu dessen Entschuldigung. »Ich war auch mal jung und hatte nach dem Krieg meine eigenen Ideen von der Gestaltung der Kirmes. Der macht das schon und verpasst der Kirmes seine eigene Handschrift.« Das könne und müsse er akzeptieren, auch wenn ihm nicht alles gefalle, was sich nunmehr auf dem Kirmesplatz abspiele.

Aber nicht nur das Verhalten der Stadt war unrühmlich für den Mann, dem allein es zu verdanken war, dass die Annakirmes zu einer der zehn größten Kirmessen in Deutschland geworden war, befand Bahn. Die Schausteller aus nah und fern, die früher zuhauf Zins in Kreuzau besucht und ihn mit Grußkarten von allen Rummelplätzen zugeschüttet hatten, ließen ihn nach der Pensionierung unbeachtet fallen. Die neuen Kirmesbeschicker kannten Zins überhaupt nicht, die altbekannten waren von Jahr zu Jahr weniger geworden.

»Manche leben ja auch nicht mehr«, tröstete sich Zins.

Damit hatte er Bahn unbeabsichtigt das Stichwort gegeben.

»Kirmes-Schmitz ist übrigens auch tot. Er wurde gestern von einem Unbekannten überfahren.« Bahn setzte sich in einen ältlichen Sessel.

»Kanntest du ihn eigentlich gut?«

»Der arme Kerl«, murmelte Zins, mehr zu sich als zu seinem Besucher. »Der hätte einen anderen Abgang verdient gehabt.« Zins blickte aus dem Fenster in den gepflegten Garten. »Da draußen im Pavillon, da haben wir noch zusammengesessen nach der Kirmes vor drei Jahren. Willi, Franz Meier und ich und haben über unsere gemeinsamen Kirmessen gesprochen.« Er erhob sich und ging zu einem Bücherregal.

»Ich habe sogar noch ein Bild davon«, meinte er, in den Bücherreihen suchend. Er reichte Bahn ein Fotoalbum.

Bahn erkannte Kirmes-Schmitz auf der Fotografie sofort wieder. Ein gut gekleideter, seriöser Mann prostete zufrieden seinen beiden Freunden zu. Alle wirkten gediegen, Zins ein wenig pummelig, Meier hoch aufgeschossen und hager und Schmitz mit einem freundlichen Gesicht und in einem gepflegten, leichten Sommeranzug.

So hatte Bahn den Toten in Erinnerung. So hätte ich ihn beschrieben, sagte er sich und erschrak über die Veränderung, die Kirmes-Schmitz mitgemacht hatte.

»Überfahren, sagst du? Wieso?«, fragte Zins.

»Ich weiß es nicht«, erwiderte Bahn.

»Kirmes-Schmitz ist übrigens verdammt tief gesunken«, fuhr er fort. »Er ist als Penner geendet.«

Zins schaute ihn entgeistert an. »Das kann doch nicht wahr sein. Der hatte doch alles, was er wollte und brauchte. Du musst dich irren, Helmut.« Kopfschüttelnd zündete er sich eine Zigarette an. »Willi war doch ein gemachter Mann. Sein Geschäft lief blendend. Und selbst ohne das Geschäft hätte er von seinem Ersparten gut leben können.« Zins konnte es nicht verstehen. »Der lebte zur Miete im Grüngürtel, war bescheiden, zufrieden und hatte Geld wie Heu.«

»Und doch ist er in der Gosse gelandet.« Bahn berichtete Zins von seiner Begegnung mit Kirmes-Schmitz in der Fußgängerzone.

Zins konnte sich nicht beruhigen. »Ich bin fassungslos. Das kann doch nicht sein.« Er zog ein letztes Mal kräftig an seinem Glimmstängel, bevor er ihn erregt im Aschenbecher zerquetschte. »Nein, ich weiß nicht, was mit Willi geschehen ist. Ich habe ihn vor drei Jahren das letzte Mal gesehen.« Er zeigte erneut auf die Fotografie. »Hier, bei mir im Garten, nur 'ne knappe Woche nach der Kirmes.«

Vielleicht wisse Meier mehr, meinte der Kirmesdirektor.

Nachdem ihn Bahn über dessen Abwesenheit aufgeklärt hatte, kam ihm eine neue Idee. »Kann ja sein, dass mein Nachfolger was gehört hat. Soll ich ihn anrufen?«

Bahn war überrascht. »Das würdest du tun?« Er verschwieg bewusst das Gespräch mit Grundmann im Rathaus.

»Ja, für meinen alten Freund Kirmes-Schmitz«, antwortete Zins. Mit seinen nikotingefärbten Fingern wählte er seine ehemalige Büronummer.

Das Telefonat mit Grundmann war nur kurz. Sein Nachfolger ließ Zins sofort spüren, dass er nicht an einer Unterhaltung mit ihm interessiert war. Und ein Kirmes- Schmitz interessiere ihn überhaupt nicht. Mit dem hätte er keine Verträge gemacht.

»Leben Sie wohl, Herr Zins!«, endete er schroff. »Helmut, ich bin zu alt für diese Welt«, sagte Zins verstört, als er den Telefonhörer auflegte.

»Ich gehöre wohl zu einer aussterbenden Rasse. Wie Kirmes-Schmitz.«

Nach dem Krieg habe er die Annakirmes in Düren neu aufbauen wollen und händeringend Schausteller gesucht, die mitmachten, erzählte der Kirmesdirektor. Kirmes- Schmitz sei ein Mann der ersten Stunde gewesen.

»Mit einer Bierbude fing er an. Zum Schluss hatte er zehn.« Damals sei das Kirmesgeschäft viel einfacher gewesen.

»Ich habe ein paar Leute angerufen und die kamen dann.« Heute gebe es große Ausschreibungen und Bewerbungen und ein Auswahlverfahren.

»Die Konkurrenz ist größer geworden.« Nach dem Kriege habe man mit einigen Geschäften angefangen, Kirmes- Schmitz, die Fuhrmanns mit dem Imbiss und der Losbude, Holt mit seiner ersten Geisterbahn und noch ein paar andere. »Da hatten wir Platz für 200 Schausteller und es kamen gerade einmal 20.« Dann hatte es eine Zeit gegeben, in der Zins zum einen seine langjährigen Kumpanen von vornherein zur Kirmes einlud und zugleich aus den Bewerbungen zusätzlichen Schaustellern den Zuschlag erteilte. In den letzten Jahren sei schließlich das Ausschreibungsverfahren immer wichtiger geworden.

»Ich konnte zum Schluss unter fast 600 Interessenten auswählen. Alle wollten nach Düren, nachdem sich herausgestellt hatte, dass es hier ein gutes Kirmespflaster gibt. Ich habe vielen eine Absage erteilt, aber Kirmes-Schmitz und einigen anderen nie!«

Interessiert hatte Bahn Zins zugehört. »Und wie läuft das jetzt ab?«

»Keine Ahnung, wahrscheinlich gilt jetzt nur noch ein Auswahlverfahren.« Zins hob fast schon entschuldigend die Arme. »Ich weiß es nicht, das ist nicht mehr meine Sache. Da kümmern sich jetzt andere drum.«

Bahn spürte die Verbitterung in Zins Worten. Der Kirmesdirektor hätte noch gerne ehrenamtlich hinter den Kulissen mitgemacht und seine guten Beziehungen zum Wohle der Annakirmes spielen lassen.

»Was nicht ist, ist nicht.« Zins gab sich gleichgültig. Jetzt arbeite er eben an einem Konzept für Koblenz für nächstes Jahr.

»Ich hab' schon ein paar Knüller. Willst du sie sehen?«, fragte er mit glänzenden Augen. Er war schon wieder in seinem Element.

Dankend lehnte Bahn ab. Wenn er Zins jetzt freien Lauf ließe, käme er nicht mehr fort.

»Was willst du denn jetzt machen?«, fragte ihn Zins beim Abschied in der Haustür.

Bahn sah ihn entmutigt an. »Nichts. Kirmes-Schmitz ist tot und keiner weiß, warum er zum Säufer geworden ist. Das ist wohl Schicksal.«

»Ich bin mit meinem Latein am Ende«, bekannte Bahn in der Tageblatt-Redaktion zu Waldhausen. Sie saßen im Chefzimmer und hatten die Beine bequem auf den Schreibtisch gelegt. ›Plauderstunde bei Fritz‹ hatte das oft vorlaute Fräulein Dagmar diese Art der Redaktionskonferenz genannt. Die beiden anderen Kollegen hatten sich nach der Terminabsprache und dem Verteilen von Reportagen wieder verzogen. Sie wussten und akzeptierten, dass Bahn und Waldhausen gerne miteinander plauderten, ohne über sie herzuziehen.

»Willst du etwa aufgeben?«, fragte Waldhausen erstaunt.

»Nein, ich will nicht aufgeben«, antwortete Bahn resigniert, »ich muss aufgeben. Ich komme einfach nicht weiter.«

»Das gefällt mir nicht, Helmut. Da muss doch was zu finden sein. Wir müssen woanders ansetzen.« Waldhausen hatte sich in seinem Sessel zurückgelehnt und die Hände hinter dem Kopf verschränkt.

»Und wo?«

»Wenn ich das nur wüsste.«

Die beiden Journalisten schwiegen sich lange nachdenklich an.

Bahn sah, dass Waldhausen wieder seinen starren, konzentrierten Blick bekommen hatte. Jetzt ist er wieder in seiner Gedankenwelt, sagte er sich.

»Wenn ich das wüsste«, wiederholte sich der Lokalchef schließlich.

»Du weißt es doch schon«, entgegnete ihm Bahn.

Waldhausen musste grinsen.

»Wenn du meinst.« Er sah seinen Kollegen an.

»Wie wär's mit einer Arbeitsteilung?«

Bahn war einverstanden. Was hatte er schon zu verlieren? Wenn er abgelehnt hätte, wäre ihm Waldhausen auch nicht gram gewesen.

»Okay, machen wir Arbeitsteilung«, willigte er sofort ein. Mit Waldhausen ließ sich gut zusammenarbeiten, wusste Bahn aus der Erfahrung der letzten Monate; trotz dessen oft merkwürdiger Methoden.

»Und wie?«

»Ganz einfach. Du sagst mir, was du vorhast. Ich erledige dann die Sache, die du Dösbaddel übersehen hast.«

Bahn war erstaunt: »Was habe ich denn übersehen?«

Sein Chef ließ ihn zappeln. »Bis jetzt nichts, mein Lieber, oder fast nichts.«

Bruder

Kein Angehöriger, keiner der ehemaligen Kollegen oder Weggefährten war gekommen, um endgültig Abschied zu nehmen von Kirmes-Schmitz. Der wird verscharrt wie ein herrenloser Straßenköter, kommentierte Bahn, der aus der Ferne die Beerdigung des Penners beobachtete, verbittert für sich. Auf einer Wiese am äußersten Ende des Dürener Zentralfriedhofs hievten Mitarbeiter des städtischen Friedhofsamtes den einfachen Sarg in ein Grab und schoben mit einem kleinen Schaufelbagger das ausgehobene Erdreich zurück. Nach wenigen Minuten war für sie die Arbeit getan. Die nächste Beerdigung wartete schon auf sie.

So schnell bist du weg. Bahn ging versonnen über die Friedensstraße zu seinem Porsche. Er dachte an Meier, der ihn gestern noch angerufen hatte.

Der Chef der Dürener Schausteller hatte mit Zins über die Teilnahme am Koblenzer Rummel verhandelt und bei dem Gespräch auch vom Tod des gemeinsamen Freundes erfahren. Er entschuldigte sich für sein Fernbleiben und hätte auch gerne einen Kranz geschickt. Aber nach Bahns Aufklärung ließ er davon ab.

»Da wachsen so schöne Blumen auf der Wiese, da würdeein Kranz nur stören, Franz«, hatte Bahn erklärt.

Nein, Meier wusste nicht, warum Kirmes-Schmitz in der Gosse gelandet war. »Der war doch vor drei Jahren so gut drauf, als wir uns das letzte Mal beim Kirmesdirektor getroffen haben«, erinnerte er sich. »Im nächsten Jahr war er dann weg, er machte nicht mehr mit bei der Annakirmes mit seinen Bierbuden. Auch als Losverkäufer war er nicht dabei.«

Bahn spürte am Telefon, wie Meier angestrengt nachdachte. »Der war wie vom Erdboden verschwunden. Ich habe ihn auch nicht auf der Kirmes oder in der Stadt gesehen.« Er seufzte. »Vielleicht hätte ich mich früher um ihn kümmern sollen«, bedauerte Meier. Er hatte nur irgendwann gehört, dass sich Kirmes-Schmitz aufs Altenteil zurückgezogen hätte. »Aber frage mich nicht, wer mir das gesagt hat, Helmut. Ich weiß es nicht.«

»Kennst du denn einen seiner ehemaligen Beschäftigten?« Bahn sah wieder einen Hoffnungsschimmer.

Doch er wurde enttäuscht. Meier verneinte. »Der Kirmes-Schmitz war einer von der Sorte, die ein Herz für Arbeitslose haben«, erklärte der alte Schausteller. »Der holte sich seine Mitarbeiter jedes Jahr für die Zeit der Annakirmes vom Arbeitsamt und bezahlte ihnen dann einen ordentlichen Lohn. Richtig mit Steuerkarte, Krankenkasse, Rentenversicherung und so. Und er machte dabei immer noch seinen Schnitt.« Zwangsläufig habe es an den Geschäften von Kirmes-Schmitz fast jedes Jahr neue Gesichter gegeben. »Ich jedenfalls kann dir keinen einzigen Namen nennen.«

Bahn hatte sich nach dem Gespräch mit Meier zum Arbeitsamt begeben und mit einem Abteilungsleiter gesprochen, der nebenher gelegentlich auch als freier Mitarbeiter für das Tageblatt tätig war.

Doch der Fachmann schüttelte nur bedauernd den Kopf. »Helmut, das ist drei Jahre her. Die Leute sind längst alle wieder vermittelt oder verzogen. Da müsste ich stundenlang etliche Akten wälzen, um auch nur einen einzigen Namen ausfindig zu machen.« Auch unter Umgehung des Datenschutzes sei das Anliegen von Bahn ein fast unmögliches Unterfangen. »Helmut, hier kommst du nicht weit«, machte er Bahn keinerlei Hoffnung.

Er hatte allerdings auch keine große Lust, nach den Leuten zu suchen. Aber das sagte er Bahn selbstverständlich nicht.

»Irgendeiner muss doch wissen, was mit Kirmes-Schmitz war.« Bahn lief aufgeregt in Waldhausens Zimmer umher. »Es ist zum Haare ausraufen. Was soll ich denn noch tun?«

Sein Chef hatte es sich wieder bequem gemacht. Die Beine hochgelegt und die Hände hinter dem Kopf verschränkt, wippte er auf seinem Sessel.

»Warten, Helmut«, antwortete er gelassen, »einfach nur warten.«

Bahn schnaubte. »Ich warte an der Ampel bei Rot oder im Stadion auf den Anpfiff eines Fußballspiels, aber nicht bei der Arbeit. Es muss doch was zu machen sein.«

»Ich sage es dir noch einmal: warten.« Waldhausen redete ruhig weiter. »Es kommt doch
jetzt auf einen Tag mehr oder weniger nicht an.
Das macht doch deinen Schmitz auch nicht wieder lebendig. Also warten wir.«

»Und worauf?«

»Auf die Annakirmes, mein Freund. Da hast du
doch die große Auswahl unter etlichen Leuten.
Da wird schon einer dabei sein, der dir weiterhelfen kann.«

»Da kann ich doch gleich die Nadel im Heuhau-
fen suchen.« Bahn war ungeduldig. Er fühlte
sich fast schon provoziert durch die Gelassenheit seines Chefs. »Und wen soll ich dann da
fragen?«

»Du kommst schon selbst drauf, Helmut«, gab
Waldhausen eine ausweichende Antwort.
»Warte nur ab.«

Er hatte den Lokalteil des Tageblatts zusam-
mengerollt und hielt die Papierrolle zielend
hoch. Plötzlich schlug er zu und hatte eine
Fliege auf seinem Schreibtisch zerquetscht.

»Siehst du, man muss nur den richtigen Augenblick abwarten. Irgendwann kommt der richtige
Zeitpunkt.« Er schmunzelte. »Die Fliege hat
mich den ganzen Tag schon geärgert. Und jetzt
habe ich sie erwischt.« Mit einem Typometer

schob er die Überreste des Insekts in den Papierkorb.

Dann blickte er Bahn an. »Vielleicht solltest du auch einmal einen anderen Ansatz für deine Recherche wählen.«

Bahn verstand seinen Chef nicht. »Was meinst du?«

Spitzbübisch lachte Waldhausen auf. »Wenn du nicht von alleine darauf kommst, mache ich es selbst. Ich habe dir doch gesagt, dass ich die Sachen mache, die du übersiehst.« Er legte eine Kunstpause ein. »Also, was machst du jetzt?«

Bahn unterbrach seine Wanderschaft durch das Zimmer. Er grinste: »Ist doch klar. Warten. Was denn sonst?«

Das Klingeln des Telefons unterbrach die Unterhaltung. Jemand wünsche Bahn zu sprechen, erklärte Fräulein Dagmar.

Waldhausen reichte ihm den Hörer.

Kommissar Küpper war am anderen Ende der Leitung. Er rief aus der Traditionsgaststätte Stollenwerk gegenüber der Annakirche an und lud Bahn auf ein Kölsch ein.

Spontan willigte der Journalist ein.

»Gibt's was Besonderes?«

»Nein, nur so«, antwortete der Bernhardiner. Der könnte der Vater von Waldhausen sein oder doch dessen älterer Bruder, dachte Bahn. Der sagt mir auch nicht immer alles. Und dennoch vertraute er Küpper grenzenlos.

Schnell hatte er die wenigen Meter von der Pletzergasse zur Oberstraße zu Fuß zurückgelegt.

Küpper hatte schon ein Getränk für ihn bestellt, das prompt geliefert wurde, als Bahn an einem der rustikalen Holztische neben Küpper Platz genommen hatte.

Selbstverständlich, wie Bahn nicht anders erwartet hatte, hatte Küpper doch ein Anliegen.

»Hast du etwas über Kirmes-Schmitz erfahren?«, wollte er von Bahn wissen. Da er sich ungestört fühlte, gab er die öffentlich praktizierte Zurückhaltung auf und duzte den Jüngeren.

Der Journalist runzelte die Stirn und griff zum Glas. »Was soll ich dir warum sagen?«

»Alles!«

»Damit hast du meine Frage nach dem Warum nicht beantwortet, Herr Kommissar.«

Küpper musste unwillkürlich lächeln. »Du bist schon ein Aas, Helmut.« Er nahm einen kräftigen Schluck. »Wir treten auf der Stelle und kommen nicht weiter«, räumte er ein. »Hinweise auf den Unfallfahrer oder das Unfallauto haben wir immer noch nicht gefunden. Fest steht nur, dass es sich nicht um einen Kleinwagen gehandelt haben kann. Bei der Schwere der Verletzungen von Schmitz muss er wohl schon von einem massiveres Gefährt angefahren worden sein.« Wieder griff Küpper zur Kölschstange. »Jetzt müssen wir uns wohl einen anderen Ansatz für unsere Ermittlungen suchen.«

Doch der Bruder von Waldhausen, dachte sich Bahn. Bereitwillig schilderte er dem Kommissar seine bisherigen Ergebnisse, die allesamt in die Sackgasse geführt hätten.

»Ihr seid also auch nicht weiter als wir?«

»Richtig«, pflichtete Bahn bei.

»Das mit dem Briefkasten habt ihr doch auch ermittelt, oder?«

Küpper schaute ihn erstaunt an. »Nein. Wieso?«

Sollte er lachen oder staunen?

»Wisst ihr denn nicht, dass sich in der Nähe der Todesstelle ein Briefkasten befindet? Wahrscheinlich wollte Kirmes- Schmitz dort den Brief einwerfen. Er hat es nur nicht mehr bis dahin geschafft. Er war zu langsam.«

Der Kommissar blieb für einen Moment stumm.

»Und das Auto war zu schnell«, meinte er dann. »Der muss mit einem Affenzahn auf deinen

Freund zugerast sein.« Auch das hätte die Obduktion ergeben.

»Dann war es also volle Absicht?« Bahn blickte Küpper fragend an.

»Wahrscheinlich.«

»Dann war es Mord?«

»So sieht es aus, Herr Bahn.«

»Und was willst du jetzt unternehmen, Herr Kommissar?«

»Was schon? Abwarten natürlich«, antwortete Küpper lakonisch »Auf einen Tag mehr oder weniger kommt es jetzt auch nicht mehr an. Das macht Kirmes-Schmitz auch nicht wieder lebendig.«

Doch der Bruder!

Den Hinweis auf den Briefkasten fand Küpper aufschlussreich. »Wenn ich das früher gewusst hätte«, murmelte er nachdenklich.

Er gab die Ermittlungspanne unumwunden zu. »Da hat Wenzel Bockmist gebaut.«

Das macht der doch immer, dachte sich Bahn grinsend. »Hätte es denn etwas geändert?«

»Vielleicht.«

»Oder auch nicht.« Bahn erhob sich. »Du bezahlst!«

Drei Kölsch, wie immer bei ihren kurzen, informellen Treffen, waren für beide genug. Sie machten sich wieder auf den Weg zurück in die Büros.

Am Abend, als er in Giselas Armen von der Arbeit und dem Gespräch mit Küpper berichtete, fiel Bahn das Versäumte ein. »Ich habe versäumt, ihn über den zweiten Briefumschlag zu informieren.« Er wollte aus dem Bett steigen und zum Telefon greifen.
»Lass' es«, schnurrte seine Freundin, »so wichtig ist das auch nicht.«
Bahn ließ sich bereitwillig überzeugen.
»Du hast recht.« Er kroch zurück unter die Decke in ihre Arme.
So wichtig war es wirklich nicht.

De Ärme Paul

Schon Tage, bevor sie eröffnet wurde und die Schausteller ihre Geschäfte auf dem Platz aufgebaut hatten, sorgte die Annakirmes für Diskussionsstoff. Auf Grund einer Beschwerde eines einzelnen Bürgers, der von Berlin nach Düren in die Langenberger Straße neben dem Kirmesplatz gezogen war und der behauptete, sich durch das Kirmestreiben in seiner Nachtruhe gestört fühlen zu können, verfügte der Kölner Regierungspräsident neue Schlusszeiten für den Rummel. Bislang hatte es auf der Annakirmes immer ein offenes Ende gegeben, bislang hatte sich aber auch noch niemand beschwert. Den Begriff der Sperrstunde kannte man zwar, es hielt sich nur niemand daran.

Warum auch? Polizisten und Bürger, Beamte und Politiker, Schausteller und Helfer, sie alle feierten gerne und besonders ihre Kirmes.

Doch in diesem Jahr war alles anders. Der Kurfürst von Köln, wie der Regierungspräsident auch genannt wurde, verlangte in Befürchtung der erfolgversprechenden Klage eines vielleicht ruhegestörten Zugezogenen die rigorose Einhaltung der Sperrstunde. Er legte sie auf dem Verordnungswege für jeden einzelnen Kirmestag fest.

Vom Untergang, dem schleichenden Ende oder dem tödlichen Genickschlag für die Annakirmes war in den entrüsteten Äußerungen der Kirmesfreunde und der Schausteller die Rede.

Und das alles nur wegen eines einzigen Neubürgers!

Die Stadtverwaltung und speziell Grundmann hielten sich dagegen mit einer Kritik zurück. Der Regierungspräsident habe nach Recht und Ordnung entschieden. Diese Entscheidung habe man zu akzeptieren, hieß es aus dem Rathaus. Die Stadt Düren habe sich der Entscheidung zu beugen und sie nicht zu hinterfragen. Die Annakirmes könnte auch mit dieser zeitlichen Beschränkung durch die Sperrstunde um ein oder zwei Uhr durchaus leben.

Bahn war ein entschiedener Gegner der zeitlichen Reglementierung, wie er auch in seinen Kommentaren zum Ausdruck brachte. Prompt brach die DZ eine Lanze für die Einhaltung der Sperrstunde; weniger aus Überzeugung, sondern nur, um einen Kontrapunkt zum Tageblatt zu setzen und Bahn zu ärgern.

»Dabei geht es dem Kurfürsten doch gar nicht um die Nachtruhe eines einzelnen«, behauptete Bahn. »Der ist in seiner Eitelkeit gekränkt, weil ihn die Stadt im letzten Jahr nicht zu ihrem Prominententag eingeladen hat.« Bahn machte im Gespräch mit Waldhausen seine Abneigung gegenüber dem Regierungspräsidenten mehr als deutlich. »Das war für den doch eine massive Majestätsbeleidigung. So kennen wir ihn ja.«

Im Tageblatt stellte Bahn eine Forderung an die Stadt: Wenn der Kurfürst aus Köln zur Annakirmes in Düren kommen will, lasst ihn nicht rein, sondern schickt ihn gleich weiter gen Westen.

»Die belgischen Pommes liegen ihm näher als der rheinische Frohsinn.«

Aber nicht nur die festgezurrte Sperrstunde erhitzte die Gemüter an der Rur. Die echten Kirmesfanatiker, die das ganze Jahr über auf ihre Kirmes warteten, waren über eine personelle Veränderung schockiert: Der ›Ärme Paul‹ kam nicht nach Düren!

Das Fernbleiben des ›Ärmen Pauls‹ bei der Annakirmes war das zweite Dauerthema vor der Eröffnung des Rummels.

›Zum Ärmen Paul‹, so hieß der Bierstand mit den wenigen Tischen und Stühlen, der jahrelang fast am Ausgang an der Elberfelder Straße zur Aachener Straße etwas versteckt hinter den anderen Geschäften gestanden hatte. Vom Weg aus sah man nur den schmalen Torbogen mit dem markanten Schriftzug zwischen einer Schießbude und einer Wurstbraterei, durch den man über einen schmalen Weg aus Kunstgras nach hinten zum Bierstand treten konnte. ›Zum Ärmen Paul‹, das war eine Institution auf der Annakirmes gewesen. Das war der Treffpunkt für Kirmesbesucher, die ihre Begleiter verloren oder die sich mit Freunden zu einem Bummel verabredet hatten.

Noch wichtiger war aber eine weitere Funktion der Bierbude gewesen. Beim ›Ärmen Paul‹ trafen sich spät in der Nacht die Unentwegten, die Durchmacher, die Spezialisten und die Schausteller zum Absacker. Der ›Ärme Paul‹ war die Informationsbörse des Rummels schlechthin. Hier wurden Probleme besprochen, Lösungen gefunden, Reibereien behoben und Missverständnisse ausgeräumt.

Ohne den ›Ärmen Paul‹ habe die Annakirmes ihr Herz verloren, kommentierte Bahn sentimental in seiner Zeitung. Er vermutete, wie viele andere Kirmeskenner auch, dass der beliebte Wirt wegen der Sperrstundenregelung auf ein Kommen verzichtet hatte. Seine größten Umsätze hatte er dann gehabt, wenn die anderen Kirmesbeschicker nachts geschlossen hatten.

»Ich bin so ärm, ich muss nachts durchmachen«, hatte der Wirt immer scherzhaft geklagt, wenn er um vier oder fünf Uhr in der Frühe einmal eine Runde an die letzten Unverdrossenen ausschenkte.

Davon könne auf keinen Fall die Rede sein, widersprach Grundmann, den Bahn wegen dieser Vermutung angerufen hatte.

»Der ›Ärme Paul‹ hat sich wohl zur Ruhe gesetzt.« Aber man habe ja gleichwertigen Ersatz gefunden.

»Bedauern Sie denn das Fernbleiben des ›Ärmen Paul‹?«, fragte Bahn weiter. »Der hat immerhin jahrzehntelang Kirmesgeschichte geschrieben.«

»Da gibt's doch nichts zu bedauern«, antwortete Grundmann knapp. »Einmal ist alles vorbei.«

Wie recht er doch hat, dachte Bahn bitter, und wieder kreisten seine Gedanken um Kirmes-Schmitz. Er schrieb einen letzten Artikel im Tageblatt zu diesem Thema, in dem er dem beliebten Wirt einen angenehmen Ruhestand wünschte.

»Schade, es wird sicher vieles anders werden in diesem Jahr«, meinte Bahn zu Waldhausen. Der frühe Feierabend und das Fehlen einer zünftigen Absackerstation würden der Annakirmes viel Flair nehmen, befürchtete er.

»Du musst halt schneller trinken und darfst dafür auch noch früher schlafen. Ich weiß gar nicht, was du willst«, erwiderte sein Chef schmunzelnd und ohne Anteilnahme. Er stand als Neu-Dürener der Annakirmes-Euphorie, die jedes Jahr in der Stadt ausbrach, sehr gelassen gegenüber.

»Hast du schon gelesen?« Wenn Waldhausen sich mit dieser Frage näherte, wusste Bahn sofort Bescheid, dass die Konkurrenz ihnen etwas vorgesetzt hatte. Waldhausen hielt ihm die Dürener Zeitung hin.

Die DZ hatte selbstverständlich neben der Vorverlegung der Sperrstunde auch das Fehlen des ›Ärmen Paul‹ aufgegriffen.

›Rheydt statt Düren‹, so lautete die Überschrift über dem Artikel. Darin schrieb die DZ, der Wirt habe in diesem Jahr erstmals seit etlichen Jahren auf eine Teilnahme an der Annakirmes verzichtet und beschicke stattdessen einen Rummel in Rheydt in seiner Heimatstadt Mönchengladbach. In den letzten Jahren seines Berufslebens wolle sich der ›Ärme Paul‹ nicht mehr dem Stress des Umherziehens aussetzen und lieber in der Nähe seines Wohnortes seine Abschiedstournee bestreiten. Als Autorenkürzel war unter dem Artikel »kl« angegeben.

»Von wegen zur Ruhe setzen«, bemerkte Waldhausen, »so wie wir's geschrieben haben. Wie kommt wohl die DZ zu dieser Meldung?«

»Ich kann ja Krupp fragen«, bot Bahn an, auch wenn es ihm unangenehm war. Lars Krupp mit dem Kürzel »kl« war lange Zeit freier Mitarbeiter der Dürener Nachrichten gewesen, dann aber wegen der besseren Perspektiven zur Dürener Zeitung gewechselt. Dem guten Nachwuchsjournalisten war von der DZ ein Volontariat in Aussicht gestellt worden, und in aller Regel hielt sich das renommierte Blatt auch an seine Zusagen. Etwas anders als bei unserem Zeitungs- und Zeitschriftenverlag Köln, meinte Waldhausen in durchaus kritischer Betrachtung seines Arbeitgebers.

Die DZ war seriös und ihre Berichterstattung war dementsprechend. Wenn die DZ schrieb, dass der ›Ärme Paul‹ nicht in den Ruhestand gegangen war, dann konnte man das auch getrost glauben.

Normalerweise hätte Bahn nur das Fenster öffnen brauchen und dann über die Straße hinweg mit Krupp sprechen können. Aber er nutzte lieber die konventionelle Methode und griff zum Telefon. Er wählte Krupp direkt an, der als fester Freier einen eigenen Schreibtisch in der DZ-Redaktion hatte.

Krupp hatte keinerlei Kontaktprobleme mit der Tageblatt-Konkurrenz. Bereitwillig erklärte er Bahn, dass er die Informationen über den ›Ärmen Paul‹ von den Kollegen der Erkelenzer Volkszeitung bekommen hätte. Das Schwesterblatt der DZ, unmittelbar an der Stadtgrenze von Mönchengladbach gelegen, berichtete oft über die benachbarte Großstadt. »Die schreiben mehr über die Borussia als wir alle zusammen über die Alemannia«, meinte der begeisterte Fußballfan. Ein Kollege aus Erkelenz habe gehört, ein Schausteller aus Mönchengladbach wolle nicht mehr zur Annakirmes gekommen, und habe ihn mit allen Fakten darüber informiert. So sei man in Düren an die Geschichte gekommen, die in Mönchengladbach längst rund und schon wieder vergessen sei.

Es sei dennoch eine äußerst interessante Geschichte, die man den Dürener Lesern nicht vorenthalten wollte.

»Tut's etwa weh?«, fragte Krupp ironisch, wohl wissend, dass Bahn jede Information ungemein wurmte, die ihm andere voraus hatten.

»Nein. Warum denn auch?« Bahn legte gereizt auf und schaute Waldhausen funkelnd an. »Da haben wir den Salat!«

»Tja, das ist halt der Vorteil der Aachener Zeitungen«, sagte der Lokalchef sachlich. Das Tageblatt als Lokalausgabe einer Kölner Tageszeitung war von Düren aus in Richtung Osten zum Rhein hin orientiert, die Dürener Zeitung ebenso wie die Dürener Nachrichten als Produkte des Zeitungsverlags Aachen in Richtung Westen nach Aachen und zum niederländischen Grenzland.

»Da kriegen wir nie die Nase dran, wenn sich bei den Knollenbauern im Kreis Heinsberg was tut. Damit müssen wir leben.« Waldhausen nahm es nicht tragisch. Er hätte ja ohnehin nichts ändern können.

Bahn lief unruhig in seinem Zimmer hin und her. »Ich rufe jetzt den Paul an. Der soll es mir selbst sagen.«

Er wählte seine Privatnummer in der Hoffnung, dass Gisela zu Hause wäre. Sie musste ihm die Geheimnummer vom ›Ärmen Paul‹ aus seinem privaten Telefonverzeichnis heraussuchen.

Doch Bahn hatte Pech. Sie hat wohl wieder mal die Zeit, das Geld auszugeben, das ich verdiene, dachte er grimmig. Immer wenn man sie braucht, ist die Frau nicht da.

Auf einem Zettel notierte er sich einen Hinweis und steckte das kleine Blatt in eine der Taschen seiner Lederjacke.

»Ein anderes Thema.« Waldhausen stand wieder im Türrahmen. »Wir dürfen uns doch noch eine Sekretärin anschaffen.«

Er hatte schon kurz nach seinem Antritt in Düren beim Verlag in Köln geltend gemacht, dass die Mehrarbeit durch die Technologisierung der Redaktion unmöglich nur von einer Sekretärin zu schaffen sei.

»Und du glaubst es kaum, die haben uns tatsächlich eine Halbtagskraft bewilligt.« Waldhausen war zufrieden und grinste.

»Unser Fräulein ist auch einverstanden. Dann könne sie gleich ihre Nachfolgerin einarbeiten. Sie will ja in spätestens 15 Jahren aufhören.« Er blickte Bahn an.

»Kennst du vielleicht eine Frau oder einen Mann, der den Job hier machen könnte? Du bist doch von hier.«

Das ist typisch für Waldhausen, bemerkte Bahn. Er gibt uns die Möglichkeit, mitzuentscheiden. Garantiert hatte Waldhausen schon die anderen Kollegen und selbstverständlich auch Fräulein Dagmar um Vorschläge gebeten.

»Ich schlafe mal drüber. Mir fällt bestimmt jemand ein.« Und Bahn dachte dabei an seine Dauerfreundin Gisela, die sich dann ihr eigenes Geld für ihre Klamotten verdienen könnte. Bahn machte sich eine weitere Notiz und steckte auch diesen Zettel in seine Lederjacke.

»Ich? Mit dir? In einem Büro?« Gisela schüttelte unwirsch den Kopf. »Das kannst du dir abschminken.« Sie lehnte strikt ab, als ihr Bahn am Abend den Halbtagsjob vorschlug. »Du bist doch der größte Chaot. Meinst du etwa, ich habe Lust, mich mit dir auch noch tagsüber zu zanken. Dann sind wir in einem halben Jahr geschiedene Leute.«

»Wer soll's denn machen? Ich weiß keinen.« Bahn schwieg und dachte ebenso nach wie Gisela.

»Ich hab's«, sagte sie schließlich. »Ich kenne die richtige Frau für dich.«

Bahn schaute sie verwundert an. »Und wer soll das sein?«

»Thea Schramm!«

Natürlich! Bahn tippte sich an die Stirn. Warum war er nicht selbst darauf gekommen? Thea Schramm wäre die richtige Frau.

Er suchte das Telefon und wählte ihre Nummer. Thea Schramm war erwartungsgemäß zu Hause und lud ihn ein. Sie freue sich, wenn er sie besuchen käme.

»Und bringe bitte Gisela mit!«

Schweigend fuhren Bahn und Gisela nach Birkesdorf, wo Thea immer noch an der Zollhausstraße wohnte. Sie hatten ein schlechtes Gewissen. Lange Wochen hatten sie sich nicht mehr um Thea Schramm gekümmert. Seit der Geburt von Konrad junior waren sie bloß zwei oder drei Mal bei der jungen Witwe des unter mysteriösen Umständen ums Leben gekommenen Kollegen Konrad Schramm gewesen.

Mehr schlecht als recht schlug sich die Frau durchs Leben. Noch reichte ihr Geld, wie Bahn und Gisela wussten. Aber irgendwann müsste Thea irgendwo wieder arbeiten; trotz des Kleinkindes.

Das Wiedersehen war herzlich. Mit dem Kind war Thea wieder aufgeblüht. Nach Konrads Tod hatte sie eine schwere Zeit verlebt und war damals von Gisela mit sehr viel Fürsorge bedacht worden. Die beiden Frauen mochten sich.

Prompt geriet Bahn bei der angeregten Plauderei über das Kinderkriegen und Aufziehen schnell ins Hintertreffen. Fehlt nur noch, dass Gisela jetzt auch ein Baby haben will, dachte er knurrig.

Thea war angetan von dem Vorschlag. Halbtags am Nachmittag in der Redaktion, das könne sie sich gut vorstellen. Für die paar Stunden würden ihre Eltern bestimmt Konrad junior beaufsichtigen. »Der pennt doch sowieso noch die meiste Zeit.«

Erst spät, gegen Mitternacht, verließen Bahn und Gisela die Wohnung und Thea, der der Abend sichtlich gutgetan hatte. »Wir müssen Thea häufiger besuchen«, mahnte Gisela, als sie in den Porsche kletterte. »Ich mag sie.«

Bahn schwieg.

»Jetzt musst du nur noch Waldhausen überzeugen und Fräulein Dagmar«, redete Gisela munter weiter.

»Daggi ist kein Problem und Waldhausen hat das zu tun, was ich ihm sage«, gab sich Bahn forsch. »Dem bringe ich das schon bei. Das Rauchen haben wir ihm abgewöhnt, da werden wir ihm ja doch wohl auch noch unsere Thea aufschwatzen können.«

Er setzte sein breites, freches Grinsen auf.

Gisela sah ihn skeptisch von der Seite an.

»Was denkst du wieder, du Schlawiner?«

Wenn Bahn so unverschämt grinste, war er mit sich und der Welt zufrieden oder heckte irgendetwas aus.

»Nun sag' schon«, drängelte Gisela ihn, während sie ihre Hand fest auf seinen Oberschenkel drückte. »Was ist?«

»Eigentlich nichts«, antwortete Bahn gleichgültig. »Es ist belanglos. Ich habe nur daran gedacht, dass Waldhausen doch ledig ist.«

Glücks-Fred

Die Anstellung von Thea Schramm als zusätzliche Halbtagssekretärin war tatsächlich kein Problem. Die junge, sympathische Frau wurde sofort von den Kollegen der Tageblatt-Redaktion herzlich aufgenommen und von Fräulein Dagmar nach allen Regeln der Kunst bemuttert. Waldhausen erhielt zu seiner Verwunderung für ihre Anstellung sogar noch ein ausdrückliches Lob von der Verlagsleitung; es sei eine ausgezeichnete menschliche Geste.

Innerhalb weniger Tage hatte sich Thea integriert. Bald duzten sich alle Redaktionsmitglieder bis auf Thea und Waldhausen. Sie blieben unbeirrt beim förmlichen ›Sie‹.

»Immerhin ist er mein Chef, Helmut«, machte Thea Bahn auf die Hierarchie aufmerksam.

Und Waldhausen antwortete ihm auf eine Bemerkung deutlich: »Ich kann doch nicht jeden duzen.« Auch bei Fräulein Schmitz hatte es einige Monate gedauert, bis er sich zum allgemein üblichen ›Du‹ durchringen konnte, ohne zu befürchten, von seinem Respekt einzubüßen.

Es war nahezu selbstverständlich, dass Thea, von Bahn eingeladen, mit von der Partie war,

als die DTB-Truppe am Eröffnungstag der Annakirmes komplett zum Annakirmesplatz mar-
schierte.

Und es war auch schon fast selbstverständlich,
dass pünktlich zum Kirmesbeginn das bis dahin
hochsommerliche Wetter umschlug und es an
dem Samstag Ende Juli merklich kühler wurde.
Wenn die Annakirmes beginnt, dann steht der
Winter auf der Rurbrücke, hieß es dazu im Dürener Volksmund. Ob damit die Jahreszeit gemeint war oder doch nur ein kontrollierender
Polizist gleichen Namens, darüber streitet man
sich schon seit ewiger Zeit ergebnislos.

Im großen Festzelt hatten die Journalisten an
einem reservierten Tisch Platz genommen. Bei
schmissiger Blasmusik warteten sie wie die vielen Schaulustigen auf den obligatorischen Fass-
anstich durch Bürgermeister Walter Walter.

Der joviale Bürgermeister schritt behände
durch die dichten Reihen an den Pressetisch,
wie immer gefolgt von seinem ständigen Begleiter Kurreck. Walter strahlte wieder einmal
sein Politlächeln, als er die Journalisten einzeln
per Handschlag begrüßte. Der hatte was vom
Arbeitsminister Norbert Blüm gelernt, dachte
Waldhausen in Erinnerung an frühere Bonner
Zeiten. Blüm ließ auch fast keine Journalisten-
hand ungeschüttelt.

Nur an Bahn ging Walter grußlos vorbei, um sich dann wieder strahlend Thea zu nähern.

»Welch' neuer und erfrischender Anblick in dieser tristen Runde«, meinte er mit vermeintlichem Charme. Als ihm Kurreck aber Theas Namen zuflüsterte, wurde er blass und ging schnell fort.

»Der mag uns nicht«, sagte Bahn provozierend laut zur jungen Witwe.

»Ich mag ihn auch nicht«, gab sie leise zurück.

Waldhausen hatte die peinliche Szene stirnrunzelnd verfolgt. Er wäre am liebsten aufgestanden und hätte Walter eine gescheuert.

Endlich waren die drei Böllerschüsse zu hören.

Walter griff zum hölzernen Hammer und schlug den Zapfhahn gekonnt in das vom Festzeltwirt spendierte Bierfass.

»Die Annakirmes ist eröffnet«, krächzte der Bürgermeister frohgelaunt mit dem gefüllten Bierkrug in der Hand. »Lasst uns unser schönes und großes Volksfest an der Rur feiern!« Der ehemalige Karnevalsprinz verstand es, Fröhlichkeit auszustrahlen und seine Umgebung mit seiner Begeisterung anzustecken. Das hatte immer funktioniert und funktionierte auch diesmal wieder.

Schnell kam Stimmung auf in dem vollen Festzelt, das schon traditionell vom Wirt der Birkesdorfer Festhalle betrieben wurde.

Er tat dies schon seit etlichen Jahren, nachdem sein Vorgänger, noch zu Zeiten von Zins, aufgehört hatte. Und er tat es gut.

Die Annakirmes war eröffnet. Der Platz war schon gut bevölkert an diesem Nachmittag, als Walter und mit ihm die Journalisten im Schlepptau über das Gelände schlenderten.

Langsam mischte sich der Duft von Zuckerwatte und Popkorn mit der Ausdünstung der Getränkestände und der Imbissbuden. Die Luft war voller Musik, die Menschen lachten, schrien, kreischten auf den Fahrgeschäften, die Geschäfte priesen lautstark ihre Attraktionen an.

»Ist es nicht schön?«

Ja, es war schön. Niemand wollte Walter widersprechen. Das hätte nur zu einer unergiebigen Diskussion geführt.

Es war schön, weil Walter wollte, dass es schön war.

»Und wem haben wir das alles hier zu verdanken?« Walter zeigte frohgelaunt mit ausgestreckten Armen um sich. »Unserem tüchtigen Grundmann. Der hat wirklich gute Arbeit geleistet.« Der Bürgermeister spielte den Strahlemann. »Ist ja auch kein Wunder, dass der gut ist. Der stammt ja auch aus Millwiller. So wie ich. Da gibt's nur gute Arbeiter.«

Grundmann konnte das Lob allerdings nicht hören. Er war noch mit der Organisation des Rummels beschäftigt.

Hinter den Kulissen gab es Ärger wegen der neuen, gigantischen Wasserbahn, wie Bahn schon auf dem Weg zu Eröffnung von einem Schausteller zugeraunt worden war.

Grundmann hatte deswegen sogar darauf verzichten müssen, die Weltmeisterschaft im Kirschkernweitspucken auf dem benachbarten Übungsgelände des Schäferhundevereins zu eröffnen. Er war Titelverteidiger beim Wettbewerb der Ehrengäste und hätte den Klamauk beginnen sollen.

Doch hielt ihn die Wasserbahn davon ab. Sie war nicht rechtzeitig fertig geworden. Zwar stand das Fahrgeschäft nun zwischen Olympia-Looping und Riesenrad, aber es konnte nicht den Betrieb aufnehmen. Der TÜV hatte die Bahn noch nicht abgenommen. Eine Probefahrt sollte es erst in etwa einer Stunde geben.

Das DTB-Team hatte sich unter der Leitung des Insiders Bahn schnell vom Pulk um Walter abgetrennt. Das ständige ›Ist das nicht schön?‹ war ihnen alle mächtig auf die Nerven gegangen. Außerdem hatte Bahn gewiss die besseren

Kenntnisse und den besseren Überblick über seine Annakirmes.

»Konrad hat übrigens auch einmal eine Geschichte über die Annakirmes geschrieben«, bemerkte Thea bescheiden, während sie sich über den Platz drängelten. Aber ihr schenkte offenkundig niemand große Aufmerksamkeit. Ihre Kollegen achteten vielmehr darauf, Bahn nicht aus den Augen zu verlieren, der schnell durch die inzwischen schon beachtliche Menschenmenge schritt. Sie hatten alle Mühe, ihm zu folgen.

»Wo willst du eigentlich hin, Herr Kollege?« Waldhausen fand es nicht gerade begeisternd, immer nur hinter Bahn herzulaufen. »Wollen wir nicht irgendwo einmal rauf?«

Bahn hatte für seinen Chef kein Ohr. »Ich suche etwas ganz Bestimmtes«, entgegnete er bestimmend.

»Und wir laufen wie doof hinterher.« Gisela unterstützte Waldhausen, der sie dankbar und verlegen anlächelte.

Bahns Freundin hatte das Kettenkarussell entdeckt; das richtig schöne, alte, liebevoll hergerichtete Kettenkarussell, eines der letzten traditionellen, aber doch beliebtesten Fahrgeschäfte, das offensichtlich zeitlos alle schnelllebigen Neuerungen im Kirmesgeschäft überdauerte.

»Da will ich drauf!«, entschied sie, jeden Widerspruch ausschließend.

Bis auf Bahn stimmten ihr alle zu.

»Du kannst ja weitergehen, wenn du willst. Wir treffen uns dann in einer Stunde wieder im Festzelt«, schlug Gisela ihm schnippisch vor.

Bahn ging allein weiter. Er suchte die Losbude, für die Kirmes-Schmitz als Losverkäufer gearbeitet hatte. An irgendeiner Stelle des Kirmesplatzes würde er sie schon finden.

»20 Lose fünf Mark!« Ein Losverkäufer in einem grauen Kittel hielt Bahn den kleinen, roten Plastikeimer entgegen.

»20 Lose nur fünf Mark!«

Unwillkürlich musste Bahn lächeln. So hatte Kirmes-Schmitz die Lose auch immer angepriesen. Aber er hatte dabei so mitleiderregend die Kirmesbesucher angeblickt, dass sie gar nicht anders konnten, als ihm die Lose abzukaufen. Diesen Eindruck konnte der Losverkäufer, der an der von Bahn wiedererkannten Bude stand, wahrlich nicht erwecken.

»20 Lose für fünf Mark«, leierte der junge Mann monoton und teilnahmslos vor sich hin. Ihm schien es offensichtlich einerlei, ob er die Lose verkaufte oder nicht.

Nur die Hauptgewinne, die schienen an dieser Bude die gleichen geblieben zu sein. Es gab wieder die riesengroßen Plüschbären. In diesem Jahr waren es Pandas.

Bahn blickte sich um und suchte weitere Verkäufer. Es handelte sich bei ihnen allesamt um junge Männer, es gab kein vertrautes Gesicht mehr.

»Wissen Sie, wo ich einen der früheren Losverkäufer finde?« Bahn versuchte sein Glück bei dem Mann, der ihm lustlos die Lose angeboten hatte. »Ich suche jemanden, der noch Kirmes-Schmitz kennt. Da muss es doch wohl jemanden geben auf der Annakirmes.«

Der Losverkäufer starrte ihn an. »20 Lose 50 Mark«, murmelte er, während er mit dem Kopf nickte. »20 Lose nur 50 Mark.«

Bahn hatte verstanden. Aus seiner Hosentasche zog er das Geldbündel und steckte dem jungen Mann den gewünschten Schein zu. Aus dem Eimer zählte er zwanzig Lose ab.

»Was ist?«, fragte er. »Nun rede schon!«

»Sie müssen zum Kettenkarussell zurück. Dort arbeitet noch einer der Kollegen aus der alten Zeit«, flüsterte der Losverkäufer. »Ich habe es zufällig mitbekommen, als er heute Mittag meinen Chef begrüßen wollte. Ich weiß wohl nicht, wie er heißt.«

»Und wo ist dein Chef?«

»Der ist heute nach Ibiza geflogen.«

Da verstand Bahn, weshalb an dieser Losbude mit so wenig Engagement gearbeitet wurde. Er wandte sich ab und hörte hinter sich wieder die leise, monotone Stimme: »Zwanzig Lose fünf Mark.«

Die 50 Mark hätte ich mir sparen können, ärgerte sich Bahn. Er erkannte den Alten sofort. Es war Glücks- Fred, der Mann, der vielen Kindern Glück gebracht hatte. Glücks-Fred hatte immer gewusst, wo in seinem Eimer die Hauptgewinne lagen, und er hatte oft den Kleinen den richtigen Tipp beim Griff in die Lose gegeben.

Bahns Kollegen standen immer noch vor dem Kettenkarussell. Er schenkte ihnen die verschlossenen Papierhülsen und näherte sich dem ehemaligen Kumpan von

Kirmes-Schmitz. »Sie sind doch Bahn, oder?«, fragte der Alte neugierig und der Journalist bejahte.

Er war überrascht, dass auch Glücks-Fred ihn sofort erkannt hatte.

Glücks-Fred lud ihn zu einer Gratisfahrt ein, die Bahn nicht ausschlagen konnte. Er sah noch, als er im Sitz schaukelte, dass Gisela und Thea sich freudestrahlend davonmachten.

Die anderen folgten ihnen auf Sichtweite.

Nach der windigen Fahrt fühlte sich Bahn schwindelig. Das ist doch nichts mehr für mein Alter, dachte er, als er wieder auf Glücks-Fred zu stolperte.

»Kennen Sie eigentlich noch Kirmes-Schmitz?«

»Warum wollen Sie das denn wissen?«, kam die prompte Gegenfrage. Glücks-Fred schlängelte sich durch das Kettengewirr von Sitz zu Sitz und sammelte von den Mitfahrern die Fahrchips ein.

Bahn trottete hinter ihm her. »Ich möchte wissen, was aus ihm geworden ist, nachdem er vor drei Jahren auf der Annakirmes aufgehört hat.«

»Aufgehört hat!« Glücks-Fred lachte bitter auf. »Aufgehört hat! Wenn ich das höre. Der musste aufhören, Herr Bahn. Er konnte nicht mehr weitermachen.«

»Und warum nicht?«

»Das ist eine lange Geschichte.« Glücks-Fred hatte schon den ärgerlichen Blick des Karussellbesitzers bemerkt, der zur Eile drängte. Nur ein fahrendes Geschäft ist ein lohnendes Geschäft.

»Das ist eine lange, eine sehr lange und eine sehr schlimme Geschichte.« Glücks-Fred schaute Bahn ins Gesicht. »Da müssen Sie sich noch etwas gedulden, bis ich Zeit habe. Wenn der Rummel vorbei ist, dann können wir uns treffen. Um eins beim ›Ärmen Paul‹«, schlug er vor.

»Den gibt's nicht mehr auf der Annakirmes«, entgegnete Bahn.

»Hat's den also auch erwischt!«, kommentierte Glücks- Fred kopfschüttelnd. Er dachte nach und lachte dann auf. »Okay, dann treffen wir uns um Mitternacht am Riesenrad. Ich fahre gerne Riesenrad und außerdem hört uns niemand zu.« Er hatte alle Chips eingesammelt und ging zur Kasse.

Nachdenklich schritt Bahn die Treppe vom Kettenkarussell hinab. Was wollte ihm der ehemalige Kumpel von Kirmes- Schmitz bloß sagen? Was war hier los, von dem er keine Ahnung hatte?

Durch die dichte Menschenmenge schob sich Bahn zum Festzelt. Es hatte keinen Zweck, auf dem Platz nach den Kollegen zu suchen. Sie würden sich am angegebenen Standort treffen, hoffte Bahn, der sich ein großes Kölsch gönnte.

Zufrieden stießen seine Kollegen wenig später auf ihn.

Thea trug einen der riesigen Plüschbären, der das zierliche Persönchen fast unter sich begrub. »Bei deinen Losen war ein Hauptgewinn«, erzählte sie froh. »Der ist für Konrad.«

Wenig später brach die DTB-Truppe auf und ging zu ihren Fahrzeugen, die sie auf dem Polizeigelände an der August-Klotz-Straße geparkt hatten.

Bahn und Waldhausen hatten es auf einmal eilig. Bahn saß der Sonntagsdienst am nächsten Morgen im Nacken. Da wollte er doch ausgeschlafen sein. Waldhausen hatte davon gesprochen, am Abend noch zu seinen Eltern nach Bonn zu fahren.

»Für 'nen Panda ist ein Porsche zu klein«, befand Bahn. Gisela oder Thea auf dem Notsitz, das wäre noch gegangen. »Aber eine von euch beiden und dann noch das Ungetüm, das ist zu viel.« Entschieden bestimmte er, dass Waldhausen gefälligst Thea und den Panda nach Birkesdorf zu fahren habe, was sein Chef errötend akzeptierte.

»Das liegt doch sowieso auf dem Weg zur Autobahn«, meinte Bahn pragmatisch.

»Und Fräulein Dagmar kannst du unterwegs auch noch rausschmeißen!«

Bahn fuhr mit Gisela zur Kampstraße und versuchte ihr klarzumachen, dass er vor Mitternacht noch einmal auf den Kirmesplatz müsse.

»Da wartet ein Informant auf mich.«

Schlagartig war Giselas gute Laune vergangen. Bahns Informanten, die kannte sie zur Genüge. Oft hatten sie lange Beine und blondes Haar. So wie sie.

»Du musst wissen, was du tust«, sagte sie. Sie biss sich auf die Unterlippe und blickte dabei scheinbar gelangweilt aus dem Seitenfenster.

Bahn hatte noch nicht den Haustürschlüssel ins Schloss gesteckt, da hörte er schon das Klingeln des Telefons. Er beeilte sich, nahm den Apparat, aber kam nicht einmal dazu, sich zu melden.

»Helmut, hier ist Gottfried.« Ungewohnt ernst und hektisch klang sein Informant. »Unfall auf der Annakirmes, wahrscheinlich mehrere Tote. Verdammte Scheiße!« Jansen hatte aufgelegt.

Bahn machte auf dem Absatz kehrt, schubste Gisela heftig zur Seite, sprang in den Wagen und schoss los.

Der Rummel war still. Die Lichter waren blass, die Lautsprecher abgeschaltet, die Menschen flüsterten. Zu hören waren die Sirenen der Feuerwehr, die Signalhörner der Krankenwagen, das Rattern von Hubschraubern. Den Kirmesfreunden stand der Schock ins Gesicht gezeichnet. Über Megaphone forderte die Polizei auf, den Platz zu räumen und die Rettungswege freizumachen.

Unweigerlich zog es Bahn mit dem Fotoapparat in der Hand zum tragischen Geschehen. Auf der neuen Wasserrutsche war das Unglück geschehen. Mit rot-weißen Flatterbändern hatte die Polizei die Fläche vor dem Fahrgeschäft abgesperrt. Rechts neben der Wasserbahn saßen im abgestellten Riesenrad noch die Menschen in den Gondeln und konnten teilweise aus luftiger Höhe direkt auf den Ort des Grauens blicken.

Helle Scheinwerfer leuchteten das Wasserbecken am Ende der langen Rutsche aus. Umgestürzt lag einer der schweren Wagen, die als Baumstämme drapiert waren, zur Hälfte im Wasser. Mehrere Rettungswagen waren mit laufenden Lichtern direkt vor dem Eingang geparkt. Auch erkannte Bahn hinter der Rutsche einige Leichenwagen.

Seine Nackenhaare sträubten sich. Hier war eine Katastrophe passiert. Die blassen Gesichter der umherstehenden Menschen, das verkniffene Schweigen der ordnenden Polizisten und das ohnmächtige Warten der Feuerwehrleute machten es deutlich.

»Ich weiß alles«, meldete sich ruhig Waldhausen im Rücken von Bahn. Er hatte ebenfalls die Kamera griffbereit zur Hand.

»Ich wollte gerade bei Frau Schramm losfahren, als mir etliche Feuerwehr- und Krankenwagen entgegenkamen. Da bin ich natürlich sofort hinterher. Ich war wohl der erste Journalist vor Ort.«

»Was ist denn passiert?«

»Wahrscheinlich ist der Wagen entgleist und hat sich aus der Verankerung gelöst. Er ist von oben steil ins Becken gekracht. Bis jetzt sechs Tote.« Waldhausen schüttelte verständnislos den Kopf.

»Ein Bolzen im Gleis soll sich gelöst haben. Passiert war das Unglück bei der Probefahrt während der TÜV-Abnahme. Da haben die extra ein paar Leute zusammengetrommelt und mitgenommen. Grundmann hat auch schon im Wagen gesessen, ist dann aber wieder ausgestiegen.«

Bei den Toten handelte es sich um fünf Aufbauhelfer, die allesamt unten am Beckenrand gestanden hatten. »Die sind regelrecht von dem Wagen zerschmettert worden. Ein Fahrgast ist ebenfalls ums Leben gekommen. Seine Identität ist aber noch ungeklärt.« Waldhausen blieb absolut kühl. Es hatte den Anschein, als betrachte er das Unglück wie einen Film; anders als Bahn, der vor Aufregung und Schrecken zitterte.

»Ich habe noch nie eine derartige Katastrophe auf der Annakirmes miterlebt«, stammelte er. »Warum nur?« Die Tränen standen ihm im Gesicht.

Die rückwärtige Tür eines Rettungswagens wurde geöffnet. Bahn konnte einen Blick auf den schmalen Behandlungstisch werfen und erschrak. Glücks-Fred lag dort. Die Mediziner hatten aufgehört, an ihm zu arbeiten.

»Ex«, sagte einer. »Dem war nicht zu helfen.«

Bahn wandte sich fassungslos ab und suchte Waldhausen.

Er sah ihn in einem Disput mit Wenzel.

Der Kriminalbeamte stand stramm vor dem Journalisten, der ihn barsch abkanzelte. Waldhausen drohte Wenzel ein Disziplinarverfahren an. Er werde sich massiv beschweren, wenn Wenzel ihn weiter bei der Arbeit behindere und seinen beleidigenden Tonfall nicht mäßige. Waldhausen schrie Wenzel an, er solle gefälligst den Weg freimachen. Und Wenzel trat erschrocken und widerstandslos zur Seite. Wie ein begossener Pudel ging er davon.

Waldhausen näherte sich Bahn. Ruhig und gefasst sagte er: »Ein weiterer Helfer ist gestorben, damit sind es schon sieben Tote.«

»Nein«, korrigierte Bahn erschüttert, »es sind jetzt acht. Glücks-Fred hat's auch erwischt.« Er war froh, dass Waldhausen in seiner Nähe war. Es beruhigte ihn ungemein.

Über eine Stunde lang beobachteten die beiden Journalisten das hektische Treiben der Rettungskräfte, das tatenlose Ausharren der Feuerwehrleute und die regulierenden Arbeiten der Polizisten. Aber sie konnten keinen Kollegen der Konkurrenz erblicken.

»Die haben das nicht mitgekriegt«, meinte Bahn erstaunt.

»Na und«, entgegnete sein Chef gelassen. »Das kannst du morgen in allen Agenturen lesen und in allen Radiosendungen hören. Die werden auch darüber berichten, keine Bange.«

Langsam räumte die Polizei die Unfallstelle wieder ab. Die Rettungswagen fuhren zur Leitstelle zurück. Auch die Leichenwagen konnten fahren. Die beiden Hubschrauber der Search-and-Rescue-Staffel starteten wieder zu ihrer Heimatbasis auf dem Fliegerhorst in Nörvenich.

Bahn erblickte Grundmann, der aufgeregt auf Küpper einredete.

»Sie müssen den Platz unbedingt wieder freigeben, sonst werden die Leute rebellisch«, forderte der Organisator des Rummels eindringlich. »Die Geschäfte müssen laufen, Herr Kommissar. Hier ist doch alles getan.«

Der Bernhardiner blickte mit trüben Augen um sich. »Machen Sie doch, was Sie wollen. Ich wünsche Ihnen eine schöne Kirmes.« Er drehte sich um und wollte gehen.

Bahn lief ihm nach und sah im letzten Moment, dass sich auch Wenzel näherte. »Was ist passiert?«

Küpper lächelte ihn betrübt an. »Sie haben es doch gesehen, Herr Bahn. Und Ihr Kollege war doch sogar vor mir hier.« Er zog Bahn am Ärmel zu sich und flüsterte ihm ins Ohr. »Der ist verdammt gut, dein Chef.« Laut sprach er weiter. »Ihr Kollege weiß doch alles. Oder?«

Bahn gab sich mit dieser Auskunft nicht zufrieden. »Warum ist Glücks-Fred unter den Toten? Wieso saß der Losverkäufer im Wagen?«

»Das könnte ich Ihnen erklären, Herr Journalist«, mischte sich Wenzel forsch ein, »aber ich will es nicht.«

»Dann erkläre es mir bitte«, blaffte ihn Küpper barsch an, »aber so laut und deutlich, dass ich es auch verstehe!«

Wenzel zuckte erschrocken zusammen.

»Die haben Leute gesucht, die gerne bei der Probefahrt mitmachen wollten. Der Kirmesbeauftragte Grundmann hat schon im Wagen gesessen, da kam der Typ vorbei. Grundmann hat mit ihm getauscht.« Wenzel zuckte mit den Schultern.

»Des einen Leid, des anderen Freud, so ist das halt im Leben und im Tod«, meinte er lakonisch. Küpper reichte Bahn die Hand. »Scheiß Bereitschaftsdienst. Bis morgen bei der PK.«

Er ging, ohne sich um Wenzel zu kümmern.

Bahn blickte sich nach Waldhausen um, aber er konnte ihn nicht finden. Plötzlich fühlte er sich erschöpft und ausgelaugt.

Glücks-Fred hatte vielen Glück gebracht, nur sich selbst nicht, sagte er sich. Das Glück hatte Fred verlassen.

Bahn konnte es nicht mehr länger auf dem Platz aushalten, der sich langsam wieder mit Menschen füllte. Der Rummel raubte ihm die Luft. Die Neonreklamen leuchteten wieder grell, aus den Musikboxen dröhnten die neuesten Hits, die Geruchsschwaden aus Bier und Pommes, Zuckerwatte und Backfisch zogen wieder auf.

Langsam fuhr Bahn nach Hause. Still kleidete er sich aus und legte sich ins Bett. Er wollte sich an Gisela schmiegen.

Doch sie drehte sich energisch ab. »Hat dich dein Informant etwa versetzt?«, zischte sie zynisch.

Bahn schwieg und weinte.

Mallorca

Als Bahn am nächsten Morgen müde und erschlagen zu seinem Sonntagsdienst in die Redaktion kam, fand er Waldhausen schon hinter dem Schreibtisch am Computer hocken.

»Wenn's dir nichts ausmacht, mache ich heute mit«, sagte sein Chef mit der ihm typischen Gelassenheit. »Ich habe schon die Bilder abgezogen und einen Text geschrieben.« Er zeigte Bahn die Fotos vom Kirmesunfall.

Bahn nickt anerkennend. Waldhausen konnte nicht nur gut schreiben, er machte auch gute Fotos. Fast so gut wie ich, sagte Bahn. Wenn er ehrlich mit sich selbst sein sollte, hätte er zugeben müssen, dass Waldhausen sogar die besseren Fotos schoss.

Die Bilder waren spektakulär. Sie zeigten das Grauen, ohne sensationsheischend zu wirken. Sachlich, nüchtern, distanziert, aber dennoch ausdrucksstark, eben wie Waldhausen selbst bei seiner journalistischen Arbeit, so waren auch seine Bilder. Sie waren beeindruckend und bewirkten bei Bahn eine Gänsehaut.

»Da brauche ich meinen Film ja überhaupt nicht mehr zu entwickeln«, stellte Bahn anerkennend fest.

»Ich mache dann nur die Bilder von der Eröffnung.«

Welch ein Kontrast, sagte er sich. Jubel, Trubel, Heiterkeit auf der einen Seite und zugleich Trauer, Tod und Grauen direkt gegenüber. So ist halt das tägliche Brot des Journalisten.

Gemeinsam fuhren Waldhausen und Bahn zum Frühstück in die Polizeiinspektion. Frühstück, so wurde die sonntägliche Pressekonferenz der Polizei bezeichnet, wenn bei Brötchen und Kaffee die Journalisten über die Ereignisse des Wochenendes aus polizeilicher Sicht informiert wurden.

Diesmal wurden die Brötchen schnell knapp, der Kaffee reichte gerade einmal aus. Viele Journalisten waren in das Sitzungszimmer des Polizeikommissariats und drängelten sich in dem Raum. Ein Fernsehsender wollte ebenso wie mehrere Rundfunkstationen, Agenturen und regionale wie überregionale Zeitungen über den neuesten Wissensstand nach dem Unglück auf der Annakirmes informiert werden. Seine Vertreter hatten in ihrem Selbstverständnis die Hälfte des Zimmers in Beschlag genommen und ihre Kameras und Scheinwerfer aufgebaut, als würden sie eine internationale Pressekonferenz live übertragen wollen. Obendrein wollten sie den anderen Journalisten untersagen, in dem Raum umherzulaufen oder sich lautstark zu unterhalten. Sie sahen sich als Zentrum des Journalismus und alle anderen nur als störendes Beiwerk. Und es gab tatsächlich einige Kollegen, die sich verschüchtert und beeindruckt dem Diktat der Fernsehfuzzis unterwarfen.

Bahn hatte sich nicht beeinflussen lassen und nahm seinen Stammplatz am großen Konferenztisch ein. War es sein Problem, wenn er dadurch mitten im Blickfeld der Kamera saß?

Der anmaßenden Aufforderung, er würde die Arbeit behindern und solle sich verziehen, entgegnete er ebenso anmaßend, man solle ihn in Ruhe seine Arbeit machen lassen; er habe hier gewissermaßen Hausrecht, sie nicht.

Küpper hatte die schwierige Aufgabe übernommen, die tragischen Geschehnisse auf der Annakirmes und die polizeilichen Erkenntnisse darzustellen. Die Bekanntschaft mit Bahn hatte ihn für den Umgang mit Journalisten geschult. Er wusste die Pressevertreter zu nehmen und kam kurz und bündig auf die wichtigsten Fakten zu sprechen, die er auch auf einem ausgelegten Blatt schriftlich dargelegt hatte:

Durch einen Bolzenbruch hat sich eine Schiene der Wasserbahn in rund 30 Metern Höhe gelöst. Bei der Probefahrt ist der mit acht Personen besetzte Wagen entgleist, aus der Verankerung gerissen und zu Boden auf eine Gruppe von Aufbauhelfern gestürzt. Acht Menschen starben, sechs Helfer und zwei Passagiere. Bei den Fahrgästen handelt es sich um einen Besucher aus Eschweiler und einen Angestellten eines Fahrgeschäftes, bei den Helfern um polnische Arbeitskräfte im Alter zwischen 25 und 45 Jahren.

Mehr könne er zum jetzigen Zeitpunkt nicht sagen, erklärte der Kommissar. Die Staatsanwaltschaft Aachen ermittele wegen des Verdachts der fahrlässigen Tötung.

Die Fragen der Journalisten drehten sich schnell im Kreise, zumal Küpper immer wieder darauf verwies, weitergehende Auskünfte würde nur die Staatsanwaltschaft nach Rücksprache mit der Stadtverwaltung als Veranstalter der Kirmes geben.

Erstaunt war Bahn nur darüber, dass Waldhausen sich nicht zu Wort meldete und ihn sogar aufgefordert hatte, nichts zu fragen.

Ein Attentat sei auszuschließen. Die Unfallursache sei eindeutig, versicherte Küpper zum wiederholten Male.

Für zum Teil geheuchelte Entrüstung einiger Journalisten sorgte die Erklärung, die Unglücksrutsche werde wahrscheinlich schon am Montag, spätestens aber am Dienstag ihren ordnungsgemäßen Betrieb aufnehmen.

»Das wird der Renner auf der Annakirmes; eine Fahrt mit der Todesrutsche«, bemerkte Bahn zu Küpper und Waldhausen, nachdem die Kollegenschar abgezogen war.

Sie hatten es sich noch auf eine Tasse Kaffee in Küppers Zimmer bequem gemacht, nachdem der Kommissar noch für einen Rundfunksender sein Statement ins Mikrofon gesprochen hatte.

»Den schaurigen Nervenkitzel lässt sich keiner entgehen.«

Er sah keine Veranlassung, vor Küpper Geheimnisse zu haben, auch wenn sein Chef nun zum ersten Mal mit ihnen zusammensaß.

»Es ist für mich schwer verkraftbar, dass ausgerechnet Glücks-Fred in dem Wagen saß.«

Küpper hob fragend die Augenbrauen und Bahn schilderte ihm das Gespräch auf dem Kettenkarussell.

Waldhausen hörte interessiert zu. Erst Kirmes-Schmitz, dann Glücks-Fred? Konnte es da einen Zusammenhang zwischen dem unerwarteten Ableben der beiden Kirmes- Veteranen geben?

»Ich kann ja noch einmal nachhaken«, schlug der Kommissar vor, »aber ich glaube nicht, dass es kein Unfall war. Der hat schlichtweg Pech und der Grundmann verdammtes Glück gehabt.«

»Aber warum ausgerechnet Glücks-Fred? Er hätte doch jeden nehmen können?«

»Das bringt doch nichts, Helmut«, meldete sich Waldhausen zu Wort. »Das war ein Unglück.«
Er wandte sich Küpper zu.

»Der Bolzen wird doch sicherlich noch kriminaltechnisch untersucht?«
Küpper nickte zur Bestätigung.

»Mich würde außerdem interessieren, wieso an der Rutsche Polen als Helfer gearbeitet haben. Stichwort Arbeitserlaubnis und Sozialabgabe, Versicherungsschutz und Tariflohn.« Waldhausen erhob sich und gab Küpper zum Abschied die Hand.

Der Kommissar erwiderte herzlich den Gruß.
»Das werde ich klären und Sie informieren.« Er

begleitete die beiden Journalisten zum Ausgang. »Aber heute nicht mehr. Jetzt lege ich mich erst einmal hin. Ich habe die Nacht durchmachen müssen. Und heute wird es keine neuen Erkenntnisse geben.«

Langsam schlenderten Bahn und Waldhausen zum Besucherparkplatz der Polizei.

»Du hast recht, Helmut«, scherzte Waldhausen, »wenn der Küpper so guckt, kann der bei jeder Hundeschau als Bernhardiner gewinnen.« Er wurde wieder sachlich. »Ich glaube, der Mensch versteht sein Fach. Meinst du, der kann uns helfen?«

»Bestimmt«, sagte Bahn überzeugt, ohne konkret zu wissen, wobei Küpper ihnen helfen konnte.

Routiniert und konzentriert erledigten die beiden die Arbeit in der Redaktion. Sie ging ihnen ohne große Worte zügig von der Hand, so dass sie gegen 13 Uhr den größten Teil ihres Pensums schon erledigt hatten.

»Kommst du mit ins Stadtparkrestaurant? Ich habe mich dort mit Gisela verabredet«, fragte Bahn.

Waldhausen lehnte dankend ab. »Ich habe noch zu tun und muss noch telefonieren. Privat und ungestört.«

Bahn zog los. Wie von ihm nicht anders erwartet, war seine Freundin nicht pünktlich am Treffpunkt. Mürrisch blickte er sich um, schritt immer größere Kreise rund um das Restaurant durch den gut besuchten Park. Er hatte mit dem Oberkellner ausgemacht, dass er für ihn einen Tisch reservieren und Gisela bei ihrem Erscheinen informieren sollte. »Paul, ich vertrete mir derweil im Park die Beine, bevor ich mich hier dumm und dämlich warte«, hatte er zu seinem alten Kameraden aus der Schulzeit gesagt und war in den Park gegangen.

»He, Sie da!« Laut wurde Bahn aus seinen Gedenken gerissen, als er an den Resten der alten, nicht mehr brauchbaren Badeanstalt an der Rur stand. Ein Penner schritt auf ihn zu. »He, warten Sie mal!«
Bahn erkannte den Penner wieder, den er über Kirmes-Schmitz befragt hatte.
Was will der Ober-Penner von mir?, fragte er sich. »Was ist?«, fragte er barsch.
»Ich wollte Ihnen doch nur noch etwas sagen«, begann der unordentlich gekleidete Mann verlegen, »der Loden- Willi ist ja wohl ein gefragter Mann.«
»Wieso?«

»Kaum waren Sie weg da am Brunnen, da kam auch schon der nächste Typ. Auch er wollte wissen, wo Loden- Willi ist. Nein«, der Penner verbesserte sich, »er wollte wissen, wo Schmitz ist.«

Bahn verspürte Unruhe. »Wer war das denn? Wie sah der Mann aus?«

Der Penner blickte Bahn verkniffen an und schaute dann auf seine Flasche.

»Tja«, stöhnte er langsam, und Bahn nestelte wieder nach seinem Geldpäckchen in der Hosentasche.

»Tja«, wiederholte der Mann, ohne auf Bahn zu achten. »Der Typ war großkotzig und arrogant. Vielleicht so groß wie Sie.«

»Haarfarbe? Kleidung?«, drängelte Bahn.

»Keine Ahnung, ich weiß es nicht mehr.« Der Penner schüttelte sich. »Ich weiß nur, dass er mir gedroht hat, er würde dafür sorgen können, dass ich aus der Stadt fliege, wenn ich nicht die Schnauze aufmache.« Er blickte wieder auf.

»Das war ein Arschloch, ein richtiges Arschloch.«

»Und was hast du ihm gesagt?«

»Was habe ich ihm gesagt? Ich habe ihm bloß gesagt, dass Loden-Willi vielleicht in der Nähe des Annakirmesplatzes ist oder auf Mallorca.

Sie wissen schon, da hinten an der Rur.« Flüchtig deutete er flussabwärts.

Bahn blickte verständnislos, aber auch verärgert. Ihm hatte der Ober-Penner dieses Wissen vorenthalten. Vielleicht wäre alles anders gekommen.

»Warum hast du mir das mit Mallorca nicht gesagt?«

»Ich hab' halt nicht daran gedacht«, entschuldigte er sich und schluckte an der Flasche. Wieder deutete der Penner auf die langsam und breit fließenden Rur, die nach den sonnigen und trockenen Wochen nur wenig Wasser führte.

Der Wetterumschwung am Samstag hatte noch keine Auswirkung auf den Pegel.

»Auf Mallorca, da ist es schön. Wenn da nur nicht die vielen Menschen wären.«

Zwar nicht viel, aber wenigstens etwas, seufzte Bahn. »Hier!« Er hielt dem Penner einen 20er hin.

Doch der Mann lehnte ab.

»Was soll ich damit?« Er wirkte enttäuscht. »Ich will kein Geld«, erklärte er zu Bahns Verblüffung.

»Was denn?«

»Ich will endlich wieder einen Job und ein Daheim, mein Herr! Aber wer will uns oder jemanden wie mich schon?« Er drehte sich um und ging torkelnd in Richtung Eisenbahnbrücke fort.

Bahn eilte zum Restaurant zurück, in dem eine strahlende Gisela auf ihn wartete.
Sie umarmte ihn und gab ihm einen Kuss.
»Entschuldige, aber ich wurde noch aufgehalten. Thea hat mich angerufen.« Gisela sah Bahn mit ihren klaren, blauen Augen an.
»Und Entschuldigung für gestern Abend. Das mit dem Informanten, du weißt schon.«
»Woher weißt du denn das?«, fragte Bahn verblüfft.
»Thea hat es mir gesagt.«
»Und woher weiß Thea es?«
Hell lachte Gisela auf.
»Du bist wirklich blind, mein Lieber.« Sie hakte sich bei ihm ein und lotste ihn zum Tisch. »Lass uns schnell essen. Den Nachtisch gibt's zu Hause.«

Bier und Gebräu

Bahn behielt mit seiner Vermutung recht. Die Todesrutsche, wie es nur noch hieß, war die Attraktion der Annakirmes und der Publikumsmagnet schlechthin. In langen Schlangen drängelten sich die Besucher vor dem Fahrgeschäft und ließen sich auch nicht durch den Fahrpreis abschrecken, den der Betreiber in die Höhe geschraubt hatte, als er den Andrang wahrnahm.

»Die haben wirklich nicht mehr alle Tassen im Schrank«, meinte Waldhausen kopfschüttelnd beim Kirmesbummel am Mittwochabend. Auf dem Weg zum Festzelt war er mit Bahn, Gisela und Thea, die auf ausdrücklichen Wunsch von Gisela und gegen ihren erklärten Willen mitgeschleppt worden war, über den Platz gelaufen. Waldhausen hatte die ganze Zeit über geschwiegen und die Geschäfte beobachtet. Für seine Begleiter hatte er keine Augen. Thea schien gelangweilt. Bahn kam mit Giselas Beharrlichkeit nicht klar.

»Wenn Thea nicht mitkommt, gehe ich auch nicht zur Kirmes«, hatte sie ihm deutlich gemacht.

Erst im Festzelt taute Waldhausen auf und erwies sich zu Bahns Erstaunen als charmanter

Plauderer, der sogar Gisela in den Bann zog, was wiederum Bahn verunsicherte.

Waldhausen musste, in seinem ersten Jahr als Lokalchef des Dürener Tageblatts, von der Stadt dazu aufgefordert, in der Jury mitmischen, die die diesjährige Miss Annakirmes küren sollte.

»Wollen Sie nicht mitmachen, Frau Schramm?«, fragte er Thea höflich.

Doch Thea lehnte ab. Mit ihren 28 Jahren sei sie wohl schon zu alt für diesen Spaß, kokettierte sie und erntete prompt das Kompliment, das sie erwartet hatte.

»Mach's bloß nicht«, hatte ihr zuvor schon Gisela geraten. »Du bist dann nur noch Knutschobjekt für feiste, alte Kerle.« An diese Momente erinnerte sich Bahn sich nur ungern. Es war schon unerträglich gewesen, wenn bei manchen Karnevalssitzungen oder anderen Festen die Vorständler oder Honoratioren meinten, sie könnten die Miss Annakirmes als Objekt ihre Begierde missbrauchen.

Waldhausen machte seine Sache als Juror ausgezeichnet, stellte Bahn mit Bewunderung fest. Locker und witzig präsentierte sich der Tageblatt-Chef und erntete dafür viel Beifall. Er zeigte sich von einer humorigen Seite, die die Kollegen in der Redaktion von ihm überhaupt nicht kannten. Es gelang ihm sogar, dem Oberoptimisten und Dauerstrahlemann Walter mit Wortwitz und Geschick dessen Schau zu verderben.

»Das ist ein Profi durch und durch«, meinte Gisela bewundernd und registrierte Bahns verstörten Blick durchaus mit Genugtuung. »Der macht das, was er machen muss, und weiß doch ganz genau, was er will.«

Nur Waldhausens Weigerung, die neue Miss Annakirmes zu küssen, rief einige Pfiffe hervor. Da schien er doch zu schüchtern, schmunzelte Bahn. Mit den Frauen, da hat mein Chef es nicht so richtig.

»Du stellst dich ja schlimmer an als ein Klosterbruder«, hänselte er Waldhausen, als dieser von der Bühne zum Journalistentisch zurückkehrte. Der lässt an seine Haut bestimmt nur Wasser und Seife.

Waldhausen reagierte überraschend ungehalten. »Ich bin hier doch nicht in einem Knutschbunker!«, eiferte er sich. Grimmig schnappte er sich sein Sakko. »Los, lasst uns gehen! Irgendwo ein Bier trinken.«

Waldhausen war offensichtlich verärgert, das sahen ihm Bahn und die beiden Frauen an. Diesen Zug hatte Bahn bei seinem Chef bisher noch nicht bemerkt.

Der hat wohl Angst vor Frauen?

»Wo willst du denn hin?«, fragte er Waldhausen, nachdem sie in der Menge vor dem Festzelt standen. »Hier gibt's doch genug Bier auf dem Platz.«

»Ich wollte ein Bier trinken, Helmut«, herrschte ihm Waldhausen an. »Hier gibt's doch nur Gebräu. Und dann ist das Zeug auch noch verdammt teuer.«

Insofern musste ihm Bahn schon recht geben. Im Vergleich zum Vorjahr war das Bier erheblich teurer geworden.

Aber was wurde nicht teuer?

Energisch mischte sich Gisela ein.

»Ich bleibe hier! Und du auch, Helmut! Sie können ja gehen, Herr Waldhausen, wenn Sie unbedingt wollen.«

Gisela wendete sich Thea zu. »Und was machst du?«

Die Sekretärin wandte sich zunächst unschlüssig. »Ich weiß es nicht. Am liebsten würde ich nach Hause gehen. Ich habe keine Lust mehr.«

»Ich fahre Sie gerne«, bot sich Waldhausen mürrisch an. Er schien froh, dem Rummel entkommen zu können und eilte mit Thea im Schlepptau davon, ohne sich zu verabschieden.

»Der tickt doch nicht ganz sauber«, kommentierte Bahn den Abgang.

»Und du bist blind«, entgegnete Gisela. »Ich habe es dir schon einmal gesagt.«

Bahn ließ die spöttische Bemerkung ungerührt von sich abperlen. Er hatte das Thema schon abgehakt und sich wieder dem Kirmestreiben gewidmet. Er hatte einen alten Bekannten entdeckt, mit dem er unbedingt reden wollte.

Notgedrungen lief Gisela hinter ihm her. Typisch Bahn, sagte sie sich, der sieht alle und übersieht vieles.

Irgendwann trafen die beiden bei ihrem Streifzug über den bevölkerten Platz auf Küpper, der an einem Imbissstand auf einer Bank zwischen einer Familie sitzend mit betrübtem Blick eine Portion Backfisch aß.

»Fisch muss schwimmen«, lachte Bahn, »kommen Sie, ich lade Sie zu einem Bier ein!«

Doch Küpper lehnte ab. »Das Zeug hier kann man doch nicht trinken«, meinte er kauend.

»Lassen Sie uns lieber in die Kneipe an der Rütger-von- Scheven-Straße gehen«, schlug er vor. »Die heißt doch auch Annakirmes oder so ähnlich.«

Dazu hatte Bahn jedoch keine Lust. Er wollte auf der Kirmes bleiben und verstand Küppers Abneigung gegen das Kirmesbier nicht. Ihm schmeckte es ausgezeichnet. Die haben alle keine Ahnung vom Bier, das sind alles Banausen, sagte er zu Gisela, die nur mit den Schultern zuckte.

»Wenn du meinst.« Sie langweilte sich auf dem Rummel, zumal Bahn kein Auge für sie hatte.

»Komm, lass uns nach Hause gehen«, drängelte sie schließlich.

»Ich habe noch etwas vor«, fügte sie schelmisch hinzu.

»Was, das werde ich dir noch sagen.«

Bahn gab sich ungerührt. »Also gehen wir, wenn du meinst.«

Bahn hörte das Telefon schon klingeln, bevor er die Haustür geöffnet hatte. Das Gerät lag ausnahmsweise einmal am vorgesehenen Platz auf der Ablage im Flur. Während er sich aus seiner Lederjacke schälte und sie achtlos zu Boden fallen ließ, meldete er sich.

»Ich bin's«, hörte er eine ihm nicht vertraute Stimme vorsichtig sagen.

»Und wer ist ich?«, bellte Bahn ungehalten in den Hörer.

»Wir haben doch noch am Sonntag im Stadtpark miteinander gesprochen«, antwortete ihn der Ober-Penner. »Wissen Sie denn nicht mehr?« Der Mann hörte sich aufgeregt und verstört an.

Selbstverständlich erinnerte sich Bahn. »Was gibt's denn?«, fragte er mit ruhiger Stimme.

»Ich hab' Angst. Jemand will mir ans Leder!«

Bahn spitzte die Ohren. »Erzählen Sie!«

Der Penner war am Abend am Rurufer entlang von der alten Badeanstalt in Richtung Norddüren gegangen.

»Es war an dieser alten Brücke hinter Mallorca, da, wo kein Auto mehr drüber fahren darf. Ich hörte etwas rumpeln und dann einen Knall. Jemand hat einen Felsbrocken von der Brücke geworfen. Ich habe großes Schwein gehabt.« Stoßartig und schnell berichtete der Mann. »Der Brocken ist direkt an meinem Gesicht vorbeigeschrammt. Er hat mich dann auf den Füßen getroffen. Ich wäre tot gewesen, wenn der mich voll erwischt hätte.« Der Penner war immer noch geschockt.

»Wo sind Sie jetzt? Sind Sie verletzt?« Schnell stellte Bahn seine Fragen.

»An der Kirche in Birkesdorf. Ich ...« Das Telefonat brach ab. Der kleine Geldbetrag im Münzgerät war aufgebraucht.

Bahn überlegte kurz und rief dann entschlossen Thea an. Von ihrer Wohnung an der Zollhausstraße zur Pfarrkirche Sankt Marien war es nicht so weit.

Als sie sich meldete, bat Bahn sie, sich um den Penner zu kümmern.

»Ich komme sofort!«, versicherte er.

Bevor er zu seinem Wagen stürzte, informierte er noch seine Freundin und forderte sie auf, Küpper zu verständigen.

Fast zeitgleich kamen Bahn und Küpper an der Nordstraße in Birkesdorf an. Dort stand schon neben der Telefonzelle an der Mauer des Kirchengeländes ein Krankenwagen, in dem der Penner behandelt wurde.

Thea hatte den Wagen angefordert, nachdem sie den hilfelosen Mann gefunden hatte.

Noch einmal schilderte der erstaunlich gefasste Penner sein Erlebnis.

Der Kommissar schüttelte verständnislos den Kopf. »Das kann doch nicht sein. Wer sollte Ihnen denn schon einen Felsbrocken aufs Haupt werfen wollen? Das gibt doch keinen Sinn.«

Aber offensichtlich war es so. Der Penner konnte sich unmöglich selbst seine schweren Verletzungen zugefügt haben. Beide Füße waren zertrümmert. Er musste unendlichen Schmerzen gehabt haben, als er auf den Knien und Händen bis zur Rurbrücke nach Birkesdorf gerobbt und von dort bis zur nahen Telefonzelle gekrochen war.

»Ich habe Angst!« Die schmerzstillende und beruhigende Spritze wirkte noch, doch es wurde Zeit, den Penner endlich ins Marienhospital zu fahren.

Angst brauche er nicht zu haben, versicherte ihm Küpper. Zunächst sei er im Birkesdorfer Krankenhaus in besten Händen und in sicherer Obhut. Dort würde ihm keiner etwas Böses wollen.

Bahn brachte Thea nach Hause und ging dann in die Gaststätte Zum alten Posthaus, wo der Bernhardiner auf ihn wartete.

»Glaubst du ihm die Geschichte?«

»Ja«, antwortete Bahn.

»Der Typ ist nicht so, wie wir uns allgemein Penner vorstellen. Das ist eine ehrliche Haut und ein verdammt armes Schwein.«

»Und wer will einem armen Schwein das Leben nehmen?«

Bahn biss sich ins Kölschglas fest.

»Vielleicht der, der auch Kirmes-Schmitz auf dem Gewissen hat? Wer weiß.«

»Und warum?«, hakte Küpper nach.

»Weil unser misshandelter Freund etwas weiß, was uns bei den Rätseln um Kirmes-Schmitz behilflich sein könnte.« Bahn berichtete dem Kommissar von seinem Gespräch mit dem Penner im Stadtpark.

»Es ist schon merkwürdig, dass Kirmes-Schmitz in der Nähe von Mallorca über den Haufen gefahren wurde und der Ober-Penner in der Nähe fast erschlagen wird«, meinte er nachdenklich.

»Wer weiß denn von deinen Gesprächen mit den beiden?«

Der Journalist dachte nach. »Waldhausen, Gisela und jetzt du.« Und für die drei würde er seine Hand ins Feuer legen. Aber sonst wüsste niemand davon.

»Irgendjemand muss dich doch gesehen haben mit Kirmes- Schmitz und mit dem Ober-Penner. Aber wer?«

Natürlich hatten ihn viele Passanten beim Gespräch in der Fußgängerzone gesehen. Auch war er bestimmt beim Pennertreff am Brunnen an der Josef-Schregel-Straße erkannt worden. Und im Stadtpark war seine Unterhaltung garantiert von etlichen Spaziergängern verfolgt worden.

»Ich kann mich aber nicht erinnern, einen Menschen zwei- oder dreimal gesehen zu haben«, meinte Bahn.

Oder doch? Er stutzte. Doch! Da war ein Gesicht, ein verschwommenes Gesicht, das in seiner Erinnerung auftauchte.

Undeutlich zwar, aber ein Gesicht, ein markantes Gesicht, ein bekanntes Gesicht, ein Gesicht, das Bahn kannte. Ich weiß aber nicht, welches, verdammt noch mal!, fluchte er.

Küpper bestellte das letzte der drei Biere.

»Morgen den Tatort abzusuchen, wird wohl nicht viel bringen. Da liegt vielleicht ein Fels im Weg, mehr aber auch nicht. In der Zwischenzeit sind in der Nacht einige Radfahrer drüber gestolpert oder jemand hat ihn schon zur Seite geräumt.« Vorsorglich wollte Küpper dennoch die Rettungswache informieren. Er musste schmunzeln.

»Die Untersuchung ist die richtige Aufgabe für Wenzel. Der soll 'mal rauskriegen, wie jemand den Felsbrocken auf die Brücke schleppen kann.« Der Kommissar erhob sich.

»Heute bezahlst du, Helmut!« In einem Zug leerte er sein Glas und strebte zum Ausgang. Er drehte sich noch einmal um und schaute Bahn an.

»Helmut, ich glaube, ich habe da eine ganz verrückte Idee.«

»Und welche?«

»Das kann ich dir nicht sagen, sonst erklärst du mich tatsächlich für verrückt.«

»Ich bin's.« Kaum hatte Bahn sein Haus betreten, als wieder das Telefon klingelte. Diesmal reagiert er besonnen.

Er hatte Waldhausen an der Stimme erkannt.

»Was ist?«, fragte Bahn leise, während er die Lederjacke an den Garderobenhaken hängte. Gisela lag wohl schon im Bett.

»Du hast mir doch gesagt, dass du alles über die Annakirmes sammelst, Helmut. Da hast du bestimmt auch die Pressemappen der Stadt aus den vergangenen Jahren. Oder?«

Bahn bestätigte und lief mit dem Telefon ins Arbeitszimmer zu seinem Schreibtisch.

»Ich suche sie gleich raus«, sagte er. Mit einem schnellen Griff in eine Schublade hatte er die Mappen zur Hand. »Welche willst du denn haben?«

»Die der letzten vier oder fünf Jahre, wenn's geht.«

»Kein Problem«, meinte Bahn, der die gewünschten Mappen beiseitelegte. »Und warum willst du sie haben?«

Waldhausen lachte nur. »Das lass' mal meine Sorge sein. Denke an unsere Abmachung!«

Was habe ich denn jetzt schon wieder übersehen? Bahn war irritiert. Aber er ließ es Waldhausen nicht spüren.

»Ich bringe sie morgen mit ins Büro.«

»Gibt's denn sonst noch was Neues?«, fragte der Lokalchef beiläufig. Unbefangen unterrichtete Bahn ihn über den Anschlag auf den Penner.

»Den wollte jemand plattmachen!«

»Und Spuren habt ihr keine gefunden?«, wollte Waldhausen wissen.

Bahn verneinte und beendete das Gespräch. Er blieb noch am Schreibtisch sitzen und stierte auf die Mappen.

Was will Waldhausen damit? Er blätterte sie ideenlos durch und legte sie dann wieder ab. Ihm war nichts aufgefallen.

Sein Blick fiel auf die beiden Notizzettel aus der Redaktion.

Gisela hatte sie an eine Pinnwand neben dem Schreibtisch geheftet. Offenbar waren die Papiere aus seiner Lederjacke gefallen. Den Hinweis auf Gisela warf er zerknüllt in den Papierkorb, die Notiz ›Paul anrufen‹ steckte er wieder in seine Lederjacke. Das muss ich unbedingt morgen noch erledigen, sagte er sich und löschte das Licht.

Er krabbelte ins Bett und bemerkte, dass Gisela nicht schlief.

»Du brauchst mir nichts zu sagen«, meinte sie, »Thea hat schon angerufen.«

Bahn lag mit verschlossenen Augen auf dem Rücken. Er erinnerte sich an ihre Unterhaltung auf dem Kirmesplatz. »Du wolltest mir doch noch sagen, was du heute noch vorhast«, sagte er in steigender Vorfreude.

Gisela erteilte ihm eine liebevolle, wenn auch deutliche Abfuhr.

»Klar doch, schnell einschlafen, du Dummkopf! Guck mal auf die Uhr, es ist schon morgen.«

Konrads Gruß

Als Bahn am nächsten Morgen in der Tageblatt-Redaktion erschien, rief ihn Waldhausen auf eine Tasse Kaffee ins Chefzimmer.

»Küpper hat schon angerufen«, berichtete er seinem Kollegen. »Du weißt schon, wegen der toten Polen und des gebrochenen Bolzens. Er will uns nach der Annakirmes im Rahmen einer PK unterrichten.« Der Lokalchef zeigte sich verständnisvoll.

»Küpper möchte nicht noch mehr Unruhe in die Kirmes bringen. Da ist wohl nicht alles koscher hinter den Kulissen«, meinte er.

»Und was ist nicht koscher?« Bahn schlürfte an seiner Tasse und verfluchte einmal mehr Fräulein Dagmar, die einfach keinen Kaffee kochen konnte, der ihm behagte.

»Das hat mir der Bernhardiner nicht sagen wollen. Diese Ungereimtheiten ändern aber nichts daran, dass es sich tatsächlich um einen Unfall gehandelt hat«, sagte Waldhausen.

Er wechselte das Thema. »Die Beerdigung von Glücks-Fred ist übrigens erst am Mittwoch nach der Kirmes. Die Polen werden in ihre Heimat überführt, der Tote aus Eschweiler liegt schon unter der Erde.«

»Warum dauert das denn mit Glücks-Fred so lange?« Bahn wunderte sich.

»Wahrscheinlich hat das Ordnungsamt noch keinen Verwandten ausfindig gemacht, der die Beerdigungskosten übernimmt«, suchte Waldhausen nach einer Erklärung.

Bahn wollte schon gehen, als Waldhausen ihn bremste.

»Noch etwas. Ich würde gerne morgen freimachen. Ich muss nach Bonn.« Waldhausen besaß nach wie vor eine Eigentumswohnung an der Lennéstraße in seiner Heimatstadt Bonn, in die er sich gerne zurückzog. In Düren hauste er bescheiden in einem möblierten, einfachen Zimmer an der Königsberger Straße; »aber mit Frühstück«, wie er betonte.

Achselzuckend willigte Bahn ein. Er hätte zwar selbst gerne am Freitag seinen dienstfreien Tag für den letzten Sonntagsdienst genommen, aber Waldhausen war schneller gewesen und ihm zuvor gekommen.

»Du bist der Chef«, meinte er lakonisch, »du kannst bestimmen.«

»Und noch etwas, Helmut.« Waldhausen war aufgestanden und vor die große Stadtkarte von Düren getreten, die er an einer Wand aufgehängt hatte.

»Wo finde ich eigentlich Millwiller? Ich kenne das Kaff nicht und sehe es auch nicht auf der Karte.«

»Du kennst Walter-Town nicht?« Bahn musste lachen. »Man merkt, dass du immer noch fremd bist hier bei uns, in diesem, unserem Städtchen.« Er zeigte mit dem Finger auf einen Ort nördlich vom Stadtkern und westlich an der Rur gelegen.

»Millwiller ist Dürener Platt und steht für Mariaweiler, dem Wohnort unseres über alles geliebten Bürgermeisters.

«

»Ach so«, meinte Waldhausen, der intensiv die Stadtkarte betrachtete.

»Und wie komme ich am schnellstens von der Stadt in dieses besagte Millwiller?«

»Ganz einfach«, antwortete ihm Bahn, »entweder über die Rurbrücke in Birkesdorf oder über die Mariaweiler Straße an der Westkampfbahn von Düren 99 vorbei. Das kommt immer darauf an, zu welcher Zeit und von welchem Ort du dahin möchtest.« Bahn versteckte seine Neugierde nicht.

»Was willst du denn in Mariaweiler?«

»Ach nichts«, erklärte Waldhausen beschwichtigend. »Ich wollte es nur so wissen.« Er setzte sich hinter seinen Schreibtisch, legte die Füße auf die Tischplatte, verschränkte die Hände hinter dem Kopf und begann auf seinem Schreibtischstuhl zu wippen. Von einem Augenblick zum nächsten versank er in seine Gedankenwelt. Er nahm überhaupt keine Notiz mehr von dem Kollegen, der verblüfft das Zimmer verließ.

Wenig später kehrte Bahn zurück und legte die gewünschten Pressemappen auf Waldhausens Schreibtisch. Der Lokalchef hatte ihn dabei noch nicht einmal bemerkt.

An seinem Arbeitsplatz klingelte fordernd das Telefon.

»Helmut, geh' endlich dran!«, rief ihm Thea laut durch die Redaktion auf. »Schlaf' bloß nicht ein.«

Bevor er sich darüber wundern konnte, dass Thea im Sekretärinnenzimmer saß und nicht Fräulein Dagmar, hatte Bahn schon zum Apparat gegriffen.

»Hier ist der liebe Gottfried«, säuselte es aus dem Hörer und Bahn stöhnte auf. »Und ich will mein Extrahonorar.«

Bahn war perplex. »Warum?«

»Na hör' mal«, meinte Jansen in gespielter Entrüstung. »Du wolltest doch von mir Informationen über Kirmes-Schmitz alias Loden-Willi oder ganz einfach Willi Schmitz. Weißt du das etwa nicht mehr?«

»Red' keinen Scheiß, sag' mir, was du weißt!«, brummte Bahn. Er hatte keinen Bock auf das Gelaber von Jansen, er wollte endlich Fakten hören.

»Da gibt's nicht viel zu sagen, mein Freund«, begann der Informant. »Schmitz wohnte ganz bescheiden und allein im Grüngürtel. Vor drei Jahren muss dann nach der Annakirmes etwas geschehen Dubioses sein. Es muss etwas mit einer Versicherungssache zu tun haben. Da ist wohl etwas passiert«, erklärte Jansen vage.

»Genaues weiß man nicht«. Er spielte den Scherzbold. »Vielleicht ist dem ein Bierfass geflüchtet. Macht 50 Mark!«

»Gottfried, du weißt gar nichts«, schimpfte Bahn. »Das ist doch alles kalter Kaffee. Warum lebst du überhaupt? « Er gab sich dennoch großzügig.

»Aber du kriegst dein Geld, keine Bange.« Bahn legte auf und ging zurück in Waldhausens Zimmer.

Er unterbrach den Lokalchef, der interessiert in den Pressemappen der Annakirmes blätterte.

»Das ist schon sehr interessant, was hier in Düren abgeht.«

»Hast du etwa etwas gefunden?« Eigentlich war es unvorstellbar, sonst würde er es wissen, sagte sich Bahn.

»Vielleicht«, antwortete ihm der Lokalchef ausweichend, »vielleicht aber auch nicht. Es ist noch zu früh.«

Er sah seinen Kollegen an. »Was willst du?«

»Es muss etwas passiert sein vor drei Jahren«, erklärte Bahn. »Ich weiß nur nicht, was. Unser Freund Gottfried hat da 'was gehört. Aber er weiß auch nicht, worum es sich genau handelt. Es soll etwas Dubioses gewesen sein, was immer das auch sein mag.«

Waldhausen legte die Mappen zur Seite. »Hast du denn schon einmal in den Zeitungen von damals geblättert?« Seine Frage war zugleich eine Aufforderung an seinen Kollegen.

»Wenn was passiert ist, steht's bestimmt im Blatt.« Der Lokalchef fuhr feixend fort: »Und wenn nicht bei uns, dann aber bestimmt in der DZ.«

Bahn nahm den Vorschlag bereitwillig auf und holte sich aus dem Archivzimmer die alten Tageblatt-Bände.

Die Berichterstattung über die Annakirmes vor drei Jahren war geprägt vom Abschied des Kirmesdirektors.

»Ansonsten aber wie immer«, berichtete er Waldhausen, nachdem er die Bände durchgeblättert hatte.

»Und was war nach der Kirmes?«, fragte Waldhausen.

»Was soll denn da sein? Da bin ich immer in Urlaub«, fiel Bahn nur ein, »so wie auch in diesem Jahr.« Die Woche nach der Kirmes brauchte er erfahrungsgemäß, um das

Fazit zu erstellen und die Themen nachzuarbeiten, die während der Kirmestage liegen bleiben mussten. Danach lockte der Urlaub; wie immer in den letzten Jahren mit Gisela und wie immer in den letzten Jahren in Renesse an der niederländischen Nordseeküste.

Die beiden Journalisten blickten sich eine Zeitlang gedankenversunken an.

»Helmut, ich glaube, ich habe da eine ganz verrückte Idee«, brach Waldhausen schließlich das Schweigen.

»Und welche?« Bahn glaubte sich in einem Film, der sich wiederholte. Er hätte auf Waldhausens Antwort blind einen Hunderter gewettet.

»Das kann ich dir nicht sagen, sonst erklärst du mich tatsächlich für verrückt.«

Vielleicht war der doch ein Sohn von Küpper?, dachte Bahn schmunzelnd.

Schnell und routiniert hatte Bahn seinen Bericht über die Wahl der Miss Annakirmes geschrieben und einige Bilder abgezogen.

»Morgen ist Champagner fällig«, frohlockte er.

»Morgen bist du im Blatt, großer Meister.« Er hielt Waldhausen die Fotoabzüge entgegen, die den Lokalchef als Jurymitglied bei der Preisverleihung zeigten.

»Du bist noch schöner als unser aller Walter.«

Waldhausen hatte keinen Sinn für diesen Humor. »Helmut, lass' mich bitte in Ruhe. Ich muss mich konzentrieren«, bat er ihn mit einem deutlichen Hinweis zur Tür. »Raus!«

»Manchmal funktionieren bei dem wirklich nicht alle Rädchen im Gehirn«, lästerte Bahn im Sekretärinnenzimmer bei Thea. Sie hatte anstelle von Fräulein Dagmar ausnahmsweise einmal ganztags gearbeitet, weil sie am nächsten Tag freimachen wollte, wie er auf diesem Weg endlich auch erfuhr.

»Kann es nicht sein, dass du nicht sauber tickst oder bei dir die Rädchen locker sind?« Thea wies Bahn bestimmend darauf hin, dass er ja wohl nur noch in seiner Kirmeswelt lebe und versessen sei von dem Gedanken, Rätsel zu lösen, die wohl nicht zu lösen seien.

»Pack' dich doch einmal an die eigene Nase, Helmut«, riet sie. »Du siehst doch nur noch Kirmes-Schmitz und Glücks- Fred und vergisst deine Kollegen, die hier schuften.«

»Du spinnst doch!« Bahn fuhr die Sekretärin barsch an. »Ihr spinnt alle hier. Er schaute sie funkelnd an. »Ich werde hier doch für dumm verkauft«, sagte er erregt. »Ich bin doch der Depp. Es geht mir auf den Keks, wenn Waldhausen immer nur sagt, ich übersehe alles.«

Thea verkniff sich dazu einen Kommentar. Ein falsches Wort und Bahn würde durch die Decke gehen. Da blieb sie lieber stumm, als die Stimmung noch anzuheizen.

Zornig schnappte Bahn sich seine Lederjacke und verließ polternd die Redaktion.

Thea hatte sich von seinem Wutausbruch nicht verunsichern lassen. Der kommt schon wieder, versicherte sie Waldhausen, der besorgt nach Bahns Benehmen gefragt hatte.

Tatsächlich hatte Bahn schnell die Luft abgelassen und sich beruhigt.

»Ich glaub', ich bin etwas überdreht. Ich brauche 'ne Pause«, sagte er nach seiner Rückkehr in die Redaktion beinahe schon verlegen zu Thea, die ihn im Flur erwartete.

»Am Montag mache ich frei. Wirklich!«

»Wirklich?« Thea sah ihn provozierend an.

»Du machst am Montag wirklich frei? Am Montag, wenn es die große Abschluss-PK der Annakirmes geben soll. Das glaubst du doch selbst nicht.«

Bahn musste unwillkürlich grinsen. Thea kannte ihn wirklich gut. Sie ist schon eine tolle Frau, dachte sich Bahn.

»Na gut, dann mache ich eben am Dienstag frei oder am Mittwoch.

»Oder überhaupt nicht«, plapperte Thea vergnügt dazwischen.

»Oder überhaupt nicht«, bestätigte Bahn. Schließlich werde er bald den Urlaub beginnen. Einmal 14 Tage mit Gisela nur am Strand und nur im Bett.

»Weißt du eigentlich, warum auch Herr Waldhausen noch unsere Zeitungsbände von Juli und August vor drei Jahren haben wollte?«, fragte ihn Thea, die Bahn damit aus seinen angenehmen Vorstellungen riss. »Du hast doch schon selbst durchgeblättert.«

»Liebe Thea«, dozierte Bahn, »woher soll ich das denn wissen?« Er seufzte theatralisch. »Dein Chef, der auch mein Chef ist, beliebt es, seine eigenen Wege zu gehen, von denen wir Normalsterblichen und Normalverdienenden dann überrascht werden. Er wird uns schon den richtigen Weg zeigen. Vertraue mir, mein Kind.«

»Helmut, du hast wohl recht.« Thea drehte sich gelangweilt ab. Sie wurde ins Sekretärinnenzimmer gerufen, wo drängelnd die Hausanlage klingelte.

»Mein Chef, der auch dein Chef ist, ruft. Und ich will seinem Ruf gerne folgen.«

»Soll ich dir einmal ein Geheimnis verraten?«, sagte sie wenig später vergnügt zu Bahn, während sie sich auf eine Ecke seines Schreibtisches hockte. »Ich musste Herrn Waldhausen mit den Sozialliberalen verbinden.«

»Und warum?«

»Das hat er mir nicht gesagt. Frag' ihn doch selbst«, forderte sie Bahn auf. »Ich werde mich hüten, mich in die Angelegenheiten meines Chefs einzumischen, wenn er mich nicht fragt«, lehnte er dankend ab.

»Das ist doch alles Scheiße!« Laut brüllend hatte Waldhausen die Tür zu seinem Zimmer aufgerissen. »So eine verfluchte Scheiße!«

Erschrocken und stumm blickten Thea und Bahn den Lokalchef an. Solch einen Wutausbruch hatten sie von ihm noch nie im Redaktionsalltag oder privat erlebt.

»Der Ober-Penner ist tot. Lungenembolie nach einer Thrombose.« Wütend schaute er Bahn an. »Deine Freunde! Wenn man sie braucht, kratzen sie ab!«

»Da kann doch Helmut nichts für«, mischte sich Thea mit scharfer Stimme ein. Sie erschrak sich über ihr vehementes Eintreten für Bahn, aber sie konnte die Ungerechtigkeit nicht ertragen.

Fast auf der Stelle veränderte Waldhausen sein Verhalten.

Schlagartig wurde er wieder sachlich und ruhig.

»Während ihr beiden plauderten, hat Küpper angerufen und mich unterrichtet. Der Kommissar werde gleich noch über die Pressestelle ein Fax losschicken.

»Ist das eigentlich Mord?« Bahn versuchte, seine Gedanken zu sortieren.

»Nein«, antwortete Waldhausen schnell, »gefährliche Körperverletzung mit Todesfolge.« Er ging wieder in sein Zimmer und schloss die Türe hinter sich.

»Woher weiß der das so genau?«, fragte der verblüffte Bahn die Sekretärin.

Doch Thea zuckte nur mit den Schultern.

Wir machen schon eine merkwürdige Zeitung, dachte sich Bahn, als er die erste Lokalseite für die nächste Ausgabe konzipierte. Waldhausen hatte ihm die Seitengestaltung überlassen, was Bahn durchaus als Vertrauensbeweis wertete. Auf der einen Seite schreiben wir über das pulsierende und lebensfrohe Kirmestreiben und direkt daneben gibt es Mord und Totschlag. Und alles müssen die Abonnenten oder Käufer meistens morgens beim Frühstück auf nüchternem Magen verdauen.

Das Fax der Kriminalpolizei war kurz. Nach einem Attentat mit einem Felsbrocken war ein

Mann ohne festen Wohnsitz an den Folgen seiner Verletzungen gestorben.

Echt dürftig, sagte sich Bahn, als er zum klingelnden Telefon griff.

»Ich habe es extra kurz gemacht, Helmut«, meldete sich Küpper. »Da könnt ihr wenigstens eine schöne Geschichte draus machen. Du hast ja wohl mehr Informationen als die Kollegen der Konkurrenz.« Es schien ihm offenbar Vergnügen zu bereiten, gemeinsam mit Bahn mit den anderen Journalisten zu spielen. »Hat dich dein Freund Gottfried deswegen noch nicht angerufen?«

Bahn schwieg verdattert.

Lachend klärte ihn der Bernhardiner auf.

»Der weiß doch angeblich immer alles. Oder doch fast alles. Sag' ihm, er soll bloß aufpassen, sonst erwische ich ihn noch eines Tages.«

Bahn wusste, dass die Polizei schon seit einiger Zeit Jagd auf den Unbekannten machte, der offensichtlich alles abhörte. »Ich kann Ihnen nicht helfen, Herr Kommissar«, erwiderte Bahn förmlich und genervt. »Oder soll ich dir einen Tipp geben?«

»Lass' es. Sag' Jansen nur, dass ich im Bilde bin.«

Als hätte er nur darauf gewartet, dass die Leitung freiwurde, meldete sich Jansen in der Redaktion.

»Da muss was passiert sein im Birkesdorfer Krankenhaus«, fing er geheimnisvoll an.

Bahn fiel ihm wirsch ins Wort. »Ich weiß es schon, Gottfried. Die Polizei hat bereits ein Fax geschickt. Tut mir leid, kein Honorar für dich.«

»Aber, ...«, wollte der Informant protestieren.

Doch Bahn hatte schon wieder aufgelegt. Er lehnte sich in seinem Schreibtischstuhl zurück, blickt auf seinen leeren Bildschirm und überlegte, wie er die Story schreiben sollte.

»Kannst du mir die Nummer vom ›Ärmen Paul‹ geben.« Waldhausen hatte sich unbemerkt dem schreibenden Kollegen genähert.

Bereitwillig zog Bahn den Zettel aus seiner Jacke. Er wollte ihn Waldhausen reichen, aber dann zog er die Hand schnell wieder zurück. »Wie komme ich denn dazu? Willst du etwa mit ihm sprechen?«

»Ja«, bekannte Waldhausen.

»Das kannst du dir abschminken, werter Kollege. Das mache ich selbst.«

Waldhausen wollte widersprechen, aber Bahn winkte ab. »Du hast doch selbst gesagt, dass du nur das tust, was ich versäume. Oder?« Er grinste. »Und ich möchte jetzt den ›Ärmen Paul‹ anrufen. Los, zisch ab in deine Kammer!« Der Lokalchef drehte sich ab.

»Sage mir aber bitte Bescheid«, bat er im Gehen.

Bahn konnte nicht erkennen, dass Waldhausen sich nur mit Mühe das Lachen verkneifen konnte.

»Man muss ihm manchmal auf die Sprünge helfen«, sagte er vergnügt zu Thea, die in seinem Zimmer am Computer saß und auf ein Diktat wartete.

Wie gut, dass Waldhausen mich erinnert hat, sagte sich Bahn. Er hätte es sonst glatt vergessen. Aber das brauchte er seinem Chef ja nicht zu sagen.

Der ›Ärme Paul‹ nahm schon beim zweiten Rufzeichen ab und erkannte Bahn sofort wieder. Er war in Eile, ließ er den Journalisten wissen, Bahn soll es kurz machen.

»Ich mache es ganz kurz«, versicherte Bahn.

»Warum bist du in diesem Jahr nicht in Düren?«

»Ganz einfach, Helmut. Es ist zu teuer bei euch. In den letzten drei Jahren sind die Marktgebühren für die Annakirmesvervierfacht worden. Hast du das etwa nicht mitgekriegt?«

Der ›Ärme Paul‹ hatte es wahrlich nicht nötig, sich ausnehmen zu lassen. Er konnte sich mit seinem guten Ruf die Rummelplätze aussuchen und war nicht auf die Annakirmes angewiesen.

»Hier ist es viel ruhiger«, fuhr er fort, »aber unterm Strich habe ich mehr in der Kasse bei weniger Arbeit.« Er seufzte.

»Eigentlich schon schade, Helmut, aber es ist nicht zu ändern. Vielleicht ergibt sich ja später noch einmal eine Gelegenheit zur Rückkehr nach Düren«, tröstete sich der Kirmeswirt. »Es würde mich freuen.«

Bahn war überrascht. »Ich denke, du willst aufhören und bestreitest in diesem Jahr deine Abschiedstournee?«

»Wer sagt das denn?«

»Das wird hier erzählt«, wiegelte Bahn ab. »Da ist also nichts dran?«

»Natürlich nicht. Ich bin im besten Alter. Wenn die Konditionen stimmen, bin ich der erste, der wieder auf der Annakirmes ist.«

»Das kann ich so zitieren?«

»Aber klar doch. Du kennst mich.«

Der Kirmeswirt wollte das Gespräch beenden, als Bahn noch eine Frage einfiel.

»Weißt du denn, was aus Kirmes-Schmitz geworden ist?«

Der ›Ärme Paul‹ überlegte kurz, dann erinnerte er sich an seinen ehemaligen Konkurrenten und Kollegen. »Der hat doch schon vor drei Jahren aufgehört, bevor die Gebühren von Mal zu Mal stiegen. Mehr kann ich dir nicht sagen.«

»Der ist tot«, informierte ihn Bahn trocken.

Der Wirt erschrak. »Davon weiß ich nichts.«

Nachdem Bahn ihm in knappen Sätzen das Schicksal von Kirmes-Schmitz geschildert hatte, meinte der ›Ärme Paul‹ entschlossen: »Das hat aber nichts mit der Kirmes zu tun. Das kann ich mir nicht vorstellen.«

»Weißt du, warum der ›Ärme Paul‹ nicht gekommen ist?« Fragend und stolz platzte Bahn in Waldhausens Zimmer ohne anzuklopfen.

Erschrocken fuhren der Lokalchef und Thea zusammen.

Doch hatte Bahn kein Auge für sie. Er wollte seine Informationen loswerden.

Rasch klärte er über sein Telefonat mit dem beliebten

Wirt auf.

»Daraus mache ich noch für morgen eine Story«, frohlockte er.

»Nein, Helmut. Das lässt du sein!« Im Befehlston widersprach Waldhausen.

»Damit wartest du bis Dienstag.«

»Und warum?« Bahn meinte, sich verhört zu haben.

»Weil ich es dir sage.«

Das konnte doch nicht wahr sein! Entgeistert schaute Bahn den Lokalchef an. »Du untersagt mir tatsächlich, eine Geschichte zu machen, die wir exklusiv haben, mit der wir gegen die Stadt anstinken und mit der wir der Dürener Zeitung eins auswischen können? Das kann doch nicht dein Ernst sein?«

»Doch, Helmut!«, sagte Waldhausen entschieden. »Das ist mein Ernst.« Er atmete tief durch.

»Und ich kann dich nur bitten, dich an meine Anweisungen zu halten.«

Verdattert schaute Bahn durch den Raum. Hilflos sah er zu Thea.

»Helmut, du musst verstehen«, begann sie, aber Waldhausen fuhr ihr über den Mund.

»Frau Schramm, Sie haben hier überhaupt nichts zu sagen«, herrschte er sie an.

Eingeschnappt stand Thea daraufhin auf und ging schleunigst in ihr Zimmer, wobei sie lautstark die Tür zuknallte.

»Was soll das, Fritz?« Bahn versuchte, ruhig zu bleiben, obwohl er innerlich kochte.

»Was das soll, Helmut? Ich will es so.«

»Das ist doch keine Begründung.«

»Doch, Helmut, das ist eine Begründung. Schließlich bin ich hier der Chef.«

»Du bist nicht nur der Chef hier, du bist auch ein Arsch.« Vor Wut zitternd drehte sich Bahn ab und warf mit einem heftigen Schwung die Zimmertür hinter sich zu.

Wenn der Schnarchsack nicht wollte, bitte schön. Dann bleibt es eben. Dann brauche ich auch nicht im Rathaus beim Steueramt nach der Gebührenerhöhung fragen.

»Ich bin mal kurz ins Städtchen.« Bahn meldete sich bei Thea ab, die immer noch schmollend in ihrem Zimmer saß. Er legte ihr kurz den Arm auf die Schulter.

»Nimm's nicht so schwer«, tröstete er sie. »Das ist ein Idiot.«

Thea lächelte scheu. »Das wollte ich dir auch sagen, Helmut.«

Wenig später öffnete sich wieder die Tür zum Sekretärinnenzimmer. Waldhausen schaute in den Raum.

»Ich bin
mal kurz ins Städtchen.«

Die Sekretärin nickte nur kurz.

Als sich Bahn und Waldhausen auf dem Kaiserplatz begegneten, würdigten sie sich keines Blickes.

Du bist ein Blindfisch, schimpfte Bahn, der zur Redaktion strebte.

Waldhausen ging demonstrativ gelangweilt an ihm vorbei in Richtung Rathaus.

Im Steueramt schaute ihn die Angestellte verwundert an.

»Ihr Kollege war doch gerade erst hier.« Wie sie schilderte, hatte Bahn in der Kämmerei die aktuelle Gebührenordnung der Stadt Düren durchgelesen und sich eine Kopie von den Marktgebühren einschließlich der letzten Erhöhungen machen lassen.

Und jetzt kam Waldhausen mit demselben Anliegen.

Respekt, Kollege, lobte der Lokalchef Bahn still. Manchmal bist du richtig helle. Auch er nahm eine Kopie mit.

Der bekannte Spruch ist doch richtig, sagte er sich: Wenn du aus dem Rathaus kommst, bist du schlauer als zuvor.

Bahn hatte sich schon aus der Redaktion verabschiedet. »Hier ist ja nichts für mich zu tun. Ich darf ja doch nicht schreiben, was ich will«, hatte er sich noch bei Thea beklagt.

»Ich kann ihn ja verstehen«, meinte Waldhausen, als ihn wenig später die Sekretärin über

Bahns Klage informierte. »Aber es ging nicht anders.« Er dachte nach. »Vielleicht kann ich ihm ja auf die Sprünge helfen.«

Waldhausen suchte kurz in seinem Schreibtisch nach einer Mappe, der er einige Blätter entnahm.

»Davon brauche ich eine Kopie«, bat er die Sekretärin.

Thea sah sich die Blätter an und musste lachen. »Das mache ich doch gerne.«

Der Lokalchef blieb lange in der Redaktion. Er wollte alles vom Tisch haben, bevor er seinen freien Freitag nahm.

Thea wartete auf ihn, er wollte sie nach Birkesdorf fahren.

Außerdem konnte sie das Geld für die Überstunden gut gebrauchen.

»Ich muss wohl noch bei Helmut vorbei«, erklärte Waldhausen ihr, als sie nach dem späten Feierabend zu seinem kleinen Polo gingen, den Waldhausen weit entfernt an der Gartenstraße geparkt hatte.

Bahn war nicht zu Hause, sein Wagen stand weder auf der Straße noch im Carport. Waldhausen warf den Umschlag durch den Briefschlitz der Haustür in den Flur. »Den wird er schon finden«, meinte er zu Thea, die ihn im Wagen sitzend stumm beobachtet hatte.

»Und nun ab nach Birkesdorf!«

Gisela hatte große Mühe gehabt, den wüten-
den Bahn zu besänftigen. Da war schon eine Ra-
dikalkur erforderlich.
»Wenn du deine Wut an mir auslassen willst,
bist du falsch gewickelt«, schrie sie zurück.
»Dann mache ich einen Abflug«, drohte sie ihm,
als er sie anbrüllte.
Am besten war in einer solchen Situation immer noch ein Essen in einem Restaurant. Da
musste Bahn sich benehmen, wollte er nicht
unangenehm auffallen und erkannt werden. Gisela hatte die Birkesdorfer Festhalle ausge-
wählt.
»Da waren wir lange nicht mehr. Weißt du
noch, damals mit Kurreck?«
Bahn erinnerte sich noch gut und musste unwillkürlich grinsen.
Auf der Fahrt in den Norden von Düren wurde
er merklich ruhiger und im Restaurant war er
wieder der alte.
Beim Essen schilderte er schon sachlich den
Zwischenfall in der Redaktion.
»Ich kann mir nur nicht erklären, warum Fritz so
reagiert hat. Das würde mich schon interessieren.«

»Er wird es dir schon sagen. Du musst ihn mal in einer ruhigen Minute darauf ansprechen.«

»Das werde ich tun«, sagte Bahn entschlossen.

»Darauf kannst du Gift nehmen.«

»Lieber ein Pils«, lachte Gisela, die ihre Bestellung bei einem Kellner aufgab.

Der Festhallenwirt persönlich brachte ihr das Getränk. »Nicht auf der Annakirmes, Herr Zimmer?«, fragte Bahn neugierig.

»Nein, der Laden da läuft von alleine. Es ist wichtiger, dass ich hier ein Auge auf die Dinge werfe als auf der Kirmes im Festzelt.« Zimmer schmunzelte. »Bei mir gilt halt noch, hier kocht der Chef persönlich. Ich hoffe, es hat geschmeckt.«

Bahn und Gisela bestätigten aufrichtig.

»Herr Zimmer, ich habe da 'ne Frage«, versuchte Bahn, das Gespräch fortzuführen.

»Lohnt sich das Geschäft auf der Annakirmes überhaupt noch?« Er erwähnte den ›Ärmen Paul‹, der wegen der hohen Gebühren ferngeblieben war.

»So hoch sind die meines Erachtens gar nicht«, entgegnete der Wirt, um dann einzuschränken. »Na ja, ich kann schlecht von mir auf andere schließen. Ich glaube, ich bin eine Ausnahme.«

»Wieso?«, fragte Gisela voreilig zu Bahns Unmut. Sie würde seine Spur noch vermasseln, befürchtete er.

Doch Zimmer war redselig, vielleicht fühlte er sich auch von Giselas tiefen Blick geschmeichelt.

»Ich habe erst jetzt wieder einen Zehn-Jahres-Vertrag mit der Stadt abgeschlossen und meine eigenen Konditionen ausgehandelt.«

»Wenn's nicht unverschämt ist«, sagte Bahn vorsichtig, »mit wem verhandeln Sie denn als Schausteller? Normalerweise wohl mit Grundmann.«

»Normalerweise schon. Aber ich bin Chefsache«, lachte Zimmer.

»Also mit dem Stadtdirektor?«

»Nein. Mit dem Bürgermeister.«

Bahn verstand nicht.

»Wieso mit dem Bürgermeister? Die Gebühren stehen doch fest, da kann doch Walter nicht von sich aus eigene Regelungen treffen.«

»Walter kann viel, Herr Bahn, das müssten Sie doch als Journalist wissen.« Zimmer gab sich souverän.

»Und Walter kann ein gutes Wort einlegen. Es gibt in Düren immer einen Spielraum.«

»Dann kennen Grundmann oder der Stadtdirektor Ihren Vertrag gar nicht?«

»Doch«, antwortete Zimmer. »Sie haben ihn ja unterschrieben. Aber sie können nichts daran ändern.« Er setzte sich an den Tisch und orderte eine Runde.

»Ich glaube, ich muss Ihnen etwas erklären. Wenn Sie die Gebührenordnung für die Annakirmes genau lesen, dann stellen Sie fest, dass …«

»Dann stelle ich fest, dass sich die Gebühren in den letzten drei Jahren vervierfacht haben«, fiel ihm Bahn ins Wort.

Der Wirt verneinte kopfschüttelnd. »Dann stellen Sie fest, dass es bei den Gebühren einen Spielraum gibt. In einem fast nicht beachteten Nebensatz steht etwas von ›kann‹ statt ›muss‹. Und damit kann ich jonglieren. Ich muss als Stadtverwaltung mindestens das Zweifache, ich kann aber auch das Vierfache der ursprünglichen Gebühr verlangen, wenn es einen vermeintliche

höheren Aufwand für die Verwaltung gibt.« Zimmer fühlte sich sicher. »Walter hat mich darauf hingewiesen. Der Hinweis war für mich von Vorteil«, bekannte er offen.

Und für seine Freunde bei den Genossen nicht von Nachteil, dachte sich Bahn. Er erinnerte sich daran, dass die Sozialliberalen aus dem gesamten Kreis Düren ihre großen Veranstaltungen allesamt in der Birkesdorfer Festhalle abhielten. Vielleicht können die Genossen die Halle kostenlos nutzen, dachte er sich. Aber er behielt die Vermutung für sich. Er konnte sich nicht vorstellen, dass Zimmer seinen Vorteil mit Geld schmierte. Dazu war der Wirt zu korrekt.

Bahn war es schließlich, der Gisela zum Aufbruch drängte.

»Die Nacht ist so kurz und der Chef ist morgen nicht da. Da muss ich seine Aufgabe auch noch übernehmen.«

Zufrieden fuhren die beiden über die Zollhausstraße in Richtung Düren.

Bahn glaubte, am Straßenrand den Polo von Waldhausen erkannt zu haben.

»Da hast du dich garantiert getäuscht, mein Lieber«, sagte Gisela lachend und kraulte ihm den Nacken. »Der ist doch längst in Bonn und treibt dort sein Unwesen. «

»Na klar«, entgegnete Bahn launisch, »der mischt jetzt im Altenclub seiner Mama die Rommekarten.«

Bahn hatte es eilig, er wollte ins Bett, er wollte Gisela.

Als er die Haustür öffnete, stolperte er fast über den Briefumschlag. Verwundert öffnete er ihn und zog die Blätter hervor.

»Weißt du, was das soll?«, fragte er Gisela.

»Woher?«, fragte sie zurück. »Ich gehe schon ins Bett. Lass' mich nicht zu lange warten.«

Erstaunt las Bahn die Notiz, die Waldhausen den Kopien angeheftet hatte.

»Helmut, das ist eine Geschichte des ehemaligen Kollegen Konrad Schramm. Wenn du sie gelesen hast, bist du bestimmt einen Schritt weiter. Viel Spaß!«

Was soll das? Bahn konnte keinen klaren Gedanken fassen. Was sollte er mit einer Geschichte von Konrad? Der war doch längst tot.

Er erinnerte sich an die Geschichtensammlung, die Konrad für Thea geschrieben hatte. ›Wenn die Wahrheit auf der Strecke bleibt‹ oder so ähnlich hieß die Überschrift. In seiner Sammlung hatte Konrad Schramm alle die Geschichten rund um das Tageblatt und seine Arbeit aufgeschrieben, die nicht veröffentlicht werden konnten, weil sie entweder erfunden oder nicht zu beweisen waren. Es waren halt nur Geschichten, die aber einen wahren Kern hatten. Die letzte Geschichte, die sein Freund Konrad hatte schreiben wollen, würde ihm in ständiger

Erinnerung bleiben. Die letzten Sätze von Konrad würde er nie vergessen. »Die Kommunalwahl am Sonntag, 3. November, hat zu einem sensationellen Machtwechsel im Dürener Rathaus geführt. Und nicht ganz unschuldig an diesem Machtwechsel ist die ›lahme Schwester‹.«
Das war ein Hammer gewesen.

Jetzt hielt Bahn wieder eine Geschichte von Schramm in den Händen, wahrscheinlich fiktiv, übertrieben, nicht der Wirklichkeit entsprechend. Aber nicht unbedingt falsch.

Wieso hatte Waldhausen diese Geschichte? Bahn schloss die Augen und überlegte. Da fiel es ihm ein. Auf dem Kirmesplatz war es gewesen. Thea hatte davon gesprochen, dass Konrad eine Geschichte über die Annakirmes geschrieben hatte. Er hatte der Bemerkung keine Bedeutung beigemessen, offensichtlich anders als Waldhausen. Der hat doch tatsächlich Thea darauf angesprochen und sich die Geschichte besorgt, meinte Bahn bewundernd. Sie hätte mir ja wohl 'was davon sagen können.

Er setzte sich an seinen Schreibtisch, genehmigte sich noch eine Flasche Bier und nahm die Geschichte zur Hand.

Das konnte doch nicht sein!

Entgeistert legte Bahn die Blätter zur Seite. Immer

schneller war er über die Zeilen geflogen, immer deutlicher zeigte sich ihm das Schicksal von Kirmes-Schmitz.

Es war keine Geschichte über die Annakirmes, es war eine Geschichte über Kirmes-Schmitz gewesen, die Schramm geschrieben hatte. Immer deutlicher wurde es Bahn, dass er zwar viel über die Annakirmes wusste, aber eigentlich doch nichts.

›Kirmes-Schmitz‹, so hatte Schramm seine Geschichte betitelt. Schramm hatte zunächst geschildert, dass Kirmes- Schmitz seit dem Neubeginn nach dem Zweiten Weltkrieg an der Annakirmes mitgewirkt hatte. Schließlich kam er auf das letzte Jahr der Kirmesaktivität des Wirtes und Losverkäufers zu sprechen.

›Der Abschied vom Kirmesdirektor war herzlich. Kirmes- Schmitz umarmte den alten Weggefährten und Protagonisten und schenkte ihm zum Abschied eine Bierkrug-Sammlung. Kirmes-Schmitz hatte in jedem Jahr einen neuen Bierkrug für die Annakirmes entwerfen und herstellen lassen. Jetzt überreichte er dem Kirmesdirektor einen kompletten Satz, seinen eigenen, letzten Satz. Doch sollte diese Annakirmes nicht nur ein Abschied für immer für den Kirmesdirektor werden. Es sollte auch ein Abschied für immer für Kirmes-Schmitz werden, auch wenn er es sich am Abschlusstag der Annakirmes nicht vorstellen konnte.‹

Bahn erinnerte sich an den letzten Arbeitstag des Kirmesdirektors.

Zins war auf den Schultern von Schaustellern in einem bunten Festzug über den Platz getragen worden und hatte an jedem Stand ein Abschiedsgeschenk erhalten. Es war eine der ergreifendsten Feiern gewesen, die Bahn miterlebt hatte.

Konzentriert las er weiter: ›Nach der Kirmes kam für Kirmes-Schmitz wieder der Alltag. Seine Mitarbeiter wurden wieder arbeitslos oder hatten so viel Energie und Selbstvertrauen gewonnen, dass sie sich auf dem Arbeitsmarkt durchsetzen konnten. Wer die Anstrengung während der Kirmestage verkraftete, für den war fast jede andere Arbeit ein Zuckerschlecken. Auch das war ein Anliegen von Kirmes- Schmitz gewesen. Nach dem Rummel hatte er, wie in jedem Jahr, seine zehn Bierstände einmotten und in einer Scheune an der Kölner Landstraße unterstellen wollen. Nur in diesem Jahr war es anders. Auf Bitten eines Mitarbeiters der Stadtverwaltung stellte Kirmes-Schmitz zwei Wochen nach der Kirmes einen seiner Bierstände für ein Sommerfest der Sozialliberalen im Rurpark bei Birkesdorf zur Verfügung.

Das Fest verlief harmonisch, bis es spät in der Nacht in Anwesenheit weniger Genossen zum Unglück kam. Die Zapfanlage explodierte, ein Parteimitglied wurde schwer verletzt. Der Mann verlor das Augenlicht, die Beine und die Arme mussten amputiert werden. Der tatsächliche Umfang des Unglücks wurde nie bekannt. Die Sozialliberalen verschwiegen die Explosion, die Polizei wurde nicht informiert, die Presse erhielt keine Kenntnis davon, das Krankenhaus wurde über die tatsächliche Ursache der Verletzungen zunächst im Unklaren gehalten. Nur der Schreiberling bekam später Wind von der Sache, weil ein Freund aus der Partei darüber plauderte nach dem Motto ›Ich hab' dir nie etwas gesagt‹.

Deshalb hatte Waldhausen noch einmal den Augustband durchgeblättert, erinnerte sich Bahn. Der hat die Berichterstattung über das Sommerfest gesucht. Aufgeregt nahm er das nächste Blatt zur Hand.

»Die Sozialliberalen hatten für ihr Sommerfest nur bis Mitternacht eine Haftpflichtversicherung abgeschlossen. Der Vermittler aus der Stadtverwaltung lehnte jegliche Haftung ab. Das Opfer der Explosion, ein Familienvater mit drei Kindern, die Sozialliberalen und der Vermittler wandten sich an Kirmes-Schmitz, der immerhin die defekte Anlage geliefert habe. Doch auch die Versicherung von Kirmes-Schmitz lehnte einen Schadensersatzanspruch ab. Es handele sich nicht um einen durch die Versicherung abgedeckten Schadensfall, hieß es in dem Schreiben an Kirmes-Schmitz.«

Bahn fiel es wie Schuppen von den Augen. Das war der Brief, den Kirmes-Schmitz ihm zuschicken wollte. Mit zitternden Fingern las er weiter.

›Kirmes-Schmitz besuchte den menschlichen Torso, dessen Leben ruiniert war, im Krankenhaus. Die Sozialliberalen ließen es bei einer internen Spendenaktion bewenden. Ihre wenigen Marken reichten allerdings nicht weit. Kirmes-Schmitz sah sich hingegen in einer Verpflichtung, wenn nicht rechtlich, so doch zumindest moralisch. ›Ich muss helfen. Ich kann nicht anders, ich will nicht anders‹, erklärte er dem Schreiberling.‹

Bahn stockte der Atem. Er las die Passage ein zweites Mal, ehe er verstand: Konrad hatte mit Kirmes-
Schmitz gesprochen, aber nie einen Zeitungsartikel aus der Geschichte gemacht. Warum nicht?, fragte Bahn. Vielleicht hat es Taschen nicht gewollt, vielleicht war sich Konrad nicht sicher, antwortete er sich.

›Kirmes-Schmitz gab alles, was er hatte, sein Barvermögen, sein Mietshaus, seine Aktien. Und er versprach dem Menschen, weiter zu helfen durch seine Arbeit auf der Kirmes. Er wollte der Familie den Vater ersetzen, so gut, wie er es materiell konnte.‹

Bahn blickte entgeistert von den Blättern auf. Kirmes-Schmitz war für seine Menschlichkeit bekannt gewesen. Aber das hier überstieg alles Bekannte. Das konnte doch nicht sein. Aber wenn Konrad es aufgeschrieben hatte, dann hatte es zumindest einen wahren Kern, da war sich Bahn absolut sicher.

›Aber Kirmes-Schmitz konnte nicht so, wie er wollte‹, hatte Konrad geschrieben. ›Als er im nächsten Jahr seine Bierstände für die Annakirmes anmelden wollte, wurde er zurückgewiesen. Seine Anlagen seien nicht mehr sicher, hieß es zur Begründung. Kirmes-Schmitz hat daraufhin seine Anlagen komplett erneuern und von den Behörden kontrollieren lassen. Wiederum wurde sein Antrag auf Teilnahme an der Annakirmes abgelehnt. Der Wirt wollte daraufhin mit seiner Situation an die Presse treten. Doch wieder wurde er von der Realität überholt. Seine Bierstände brannten aus, die Scheune war von einem Brandstifter angezündet worden. Die Versicherung deckte gerade die Kosten, die Kirmes-Schmitz durch die Erneuerung der Zapfanlagen entstanden waren. Er stand nun ohne Geld und ohne Bierbuden da.

Kirmes-Schmitz wurde zum Sozialfall. Er hatte noch gehofft, auf dem Rummel wieder als Losverkäufer arbeiten zu können. Aber seine Nachfrage blieb erfolglos. Der neue Besitzer der alten Losbude wollte nur junge Leute.

Kirmes-Schmitz war am Ende.

Wo er geblieben ist, ist dem Schreiberling nicht bekannt.‹

Doch, es war bekannt! Bahn pustete durch. Nach seiner Auffassung war Kirmes-Schmitz regelrecht demontiert worden. Er hatte in seiner Gutmütigkeit anderen helfen wollen, moralische Verpflichtungen übernommen und war dann doch nur ein Spielball für andere gewesen.

Hätte er sich doch früher einmal bei mir gemeldet, dachte sich Bahn betroffen. Vielleicht wäre dem Menschen viel erspart gewesen.

Aber dazu war Kirmes-Schmitz zu zurückhaltend gewesen.

Er hatte mit Konrad geredet und wohl geglaubt, den richtigen Ansprechpartner getroffen zu haben.

Vielleicht war es ja auch in meinem Urlaub, tröstete sich Bahn. Noch einmal fragte er sich, warum Konrad keinen Bericht über das tragische Geschehen gemacht hatte.

Es konnte nur an Taschen gelegen haben, mutmaßte er. Taschens Vorliebe für die Sozialliberalen und sein Bemühen, den Genossen nicht zu schaden, könnten zu einem Schreibverbot für Konrad geführt haben. Und Konrad hat garantiert dazu gegenüber den Kollegen geschwiegen und seine Gedanken für sich privat zu Papier gebracht.

So wird es wohl gelaufen sein, schätzte Bahn.

Er war erschüttert. Das Schicksal von Kirmes-Schmitz schlug ihm gewaltig aufs Gemüt. Was lief da alles auf dem Rummel ab? Hatte das Schicksal von Kirmes-Schmitz überhaupt etwas mit dem Rummel zu tun? Hatten der ›Ärme Paul‹ und Kirmes-Schmitz eine Gemeinsamkeit oder war es nur ein Zufall, dass sie beide, wenn auch im Abstand von Jahren, von der Annakirmes verschwunden waren?

Bahn konnte seine Gedanken nicht mehr sortieren. Fragen schossen ihm durch den Kopf. Dumme Fragen, unlogische Fragen, die nur eine Basis hatten: Was geschah auf der Annakirmes wirklich?

Bahn schaute auf die Uhr und erschrak. Es war schon weit nach Mitternacht. Er wählte die Nummer von Waldhausen. Er hatte den Drang, mit ihm zu sprechen.

Doch Waldhausen meldete sich nicht. Er war wohl schon nach Bonn gefahren. Mechanisch tippte Bahn die Nummer von Thea in die Tasten. Aber auch sie ging nicht ans Telefon.

Unruhig legte sich Bahn ins Bett. Gisela war aufgewacht.

»Auf dich ist auch kein Verlass«, moserte sie müde und unzufrieden.

Bahn schwieg. Was soll das?, dachte er. Um uns herum tobt die Hinterhältigkeit und du denkst nur an das Eine.

Eine Frage hielt ihn noch lange wach. Warum bloß wollte Fritz, dass ich nichts über den »Ärmen Paul« schreibe?

Im dritten Jahr

Bahn war überrascht, als ihn Waldhausen am Sonntagabend anrief. Der Lokalchef wollte ihn zu einem Bier im Nachrichten-Treff am Ahrweilerplatz hinter der Annakirche einladen.

»Mit oder ohne Gisela?«

»Wie du willst. Mir ist's egal.«

»Okay, ich bringe sie mit.« Dann würde Gisela vielleichtverstehen, warum er sie gestern unbefriedigt gelassen hatte.

»Ich komme übrigens auch nicht allein«, ergänzte Waldhausen.

Bahn war gespannt, was sein Chef damit meinte. Seine Verblüffung war groß, als er Küpper erkannte, der neben Waldhausen an einem Tisch saß. Da war Gisela wohl fehl am Platze. Sie würde sich langweilen.

Waldhausen schien Bahns Gedanken geahnt zu haben. »Wir wär's, wenn du Frau Schramm anrufst? Sie ist bestimmt froh, wenn sie einmal rauskommt, und Gisela ist nicht allein.«

Als er Bahns fragenden Blick sah, fügte er schmunzelnd hinzu: »Ich bezahle das Taxi.«

Wenig später war Thea zur Freude von Gisela zur Gruppe gestoßen.

»Warum habt ihr die Geschichte von Konrad Schramm über Kirmes-Schmitz nicht veröffentlicht?« Waldhausen verstand das Verhalten seiner Vorgänger in der Redaktion nicht.

»Das wäre doch der Knüller schlechthin gewesen!«

»Das wäre nicht nur ein Knüller gewesen, das hätte mich auch interessiert«, ergänzte der Bernhardiner. Offensichtlich hatte Waldhausen ihn auch eingeweiht, wie Bahn erstaunt fest-stellte.

»Ich weiß es nicht, Fritz, was da war. Ich habe bis heute Nacht noch nie etwas von der Geschichte gehört«, antwortete Bahn.

»Deswegen habe ich sogar noch vorehelichen Krach bekommen.« Das leichte Kneifen von Gisela in seinen Oberschenkel zeigte ihm, dass sie verstanden und verziehen hatte.

»Ich habe da nur einige Vermutungen wegen Taschen und so.«

Thea dachte nach.

»Konrad hat die Geschichte doch erst im letzten Sommer Geschrieben. Da hatte er wohl gerade mit Kirmes- Schmitz gesprochen. Er wollte noch bis zur diesjährigen Annakirmes warten, um dann eine Story zu machen. Angeblich fehlten ihm noch einige Informationen. ›Im dritten Jahr‹ sollte der Titel lauten. Da war irgendetwas mit der Kirmes. Konrad vermutete, dass es in diesem Jahr einen Skandal geben würde.« Thea nippte kurz an ihrem Glas.

»Er hat mir gesagt, er müsse die Kirmes in diesem Jahr noch abwarten. Dann könne er eine große Schweinerei aufdecken.« Thea schwieg, das Schlucken fiel ihr schwer.

Waldhausen wandte sich an Bahn. »Dein Kollege war wohl spitze, muss ich sagen«, meinte

er bewundernd. »Der hat schon im letzten Jahr erkannt, wo hier der Hase läuft. Kompliment.«
Bahn blickte ihn fragend an.

»Was ist denn?«

»Warte es ab, mein Freund«, vertröstete ihn der Lokalchef, »du könntest von alleine darauf kommen.«
Bestätigend nickte der Kommissar, was Bahns Verunsicherung nur noch steigerte.
Versonnen lächelte Waldhausen ihn an. Oder war es gar hinterlistig, dieses Lächeln?
»Ich glaube, es gilt einiges zu klären und zu erklären«, sagte Waldhausen ruhig. »Dank Konrad und Thea Schramm, die sich an das Manuskript
erinnerte, haben wir vom Schicksal von Kirmes-Schmitz erfahren.«
»Wenn ich etwas sagen darf«, meldete sich bescheiden Küpper zu Wort. »Das Schreiben der Versicherung ist übrigens authentisch. Ich habe mich bei der Kontinentalia versichert.« Er flüsterte fast, als dürfe es niemand hören. »Mein Bruder arbeitet dort in der Rechtsabteilung. Er hat für mich nachgeforscht. Das Geschehen ist kompliziert und eine verdammt verzwickte Rechtslage. Da es sich bei der Abgabe der Zapfanlage um eine Gefälligkeitsausleihe ge-

handelt haben könnte, besteht für den Ausleiher keine Haftpflicht. Demnach braucht seine Haftpflichtversicherung nicht für einen Schaden aufzukommen.« Küpper
schüttelte den Kopf. »Die Haftpflichtversicherung ist Sache des Entleihers.«
»Aber warum ist die Zapfanlage denn überhaupt explodiert?«, wollte Bahn wissen.
»Fehlerhafte Gasflasche, defekte Leitung, unsachgemäße Handhabung? Wer weiß es schon?« Der Bernhardiner blickte betrübt. »Und die Versicherung von Schmitz sah keine Veranlassung, die Ursache feststellen zu lassen. Sie war ja nicht betroffen.«
»Moment«, mischte sich Waldhausen ein, »die Versicherung sagte, sie sei nicht betroffen. Wenn Kirmes-Schmitz der Entscheidung widersprochen hätte, hätte sie wohl Ursachenforschung betrieben. Oder nicht?«
»Doch«, bestätigte Küpper.
»Wie mir mein Bruder erklärte, werde bei derartigen Schadensfällen, in denen ja eine gewaltige finanzielle Leistung erbracht werden muss, zunächst einmal ein Anspruch zurückgewiesen. Wenn sich der Versicherungsnehmer meldet, wird reagiert, wenn er schweigt, ist die Versicherung aus dem Schneider.«

»Ich kann mir vorstellen, dass dieser Fall im Endeffekt nicht zum Nachteil von Kirmes-Schmitz ausgegangen wäre«, überlegte Waldhausen. »Da sind wohl unterschiedliche Rechtsauffassungen möglich.«

»Richtig«, pflichtete ihm Küpper bei. »Da aber Kirmes- Schmitz nicht reagiert hat, war für die Versicherung die Sache erledigt.«

»Dann hat er also bezahlt, weil seine Versicherung nicht zahlen wollte«, folgerte Bahn.

Doch Waldhausen korrigierte ihn.

»Das stimmt so nicht, Helmut. Er hat bezahlt, obwohl er wahrscheinlich nicht bezahlen brauchte und vielleicht er und auch seine Versicherung nicht bezahlen mussten.«

Sein Kollege und auch die beiden Frauen schauten ihn erstaunt an. Sie hatten nichts verstanden, wie Waldhausen mit einem Blick in die Runde erkannte.

»Ich versuch's mit einem einfachen Beispiel: Helmut, du leihst dir bei mir einen Hammer aus und gibst ihm einen Freund, damit er bei dir einen Nagel in die Wand schlägt. Dabei löst sich der Hammerkopf, der durch die Gegend fliegt und deinen Freund schwer verletzt. Beispielsweise verliert er ein Auge. Wer haftet?«

»Du«, platzte Bahn heraus, »du hast einen defekten Hammer geliefert.«

»Nein, du«, entgegnete Waldhausen, »du warst Besitzer des Hammers, den ich dir aus Gefälligkeit ausgeliehen habe, und du hast ihn weitergegeben. Du bist für den Zustand verantwortlich.«

»Oder auch nicht, weil mein Freund ein schlechter Handwerker ist.«

»Oder auch nicht«, pflichtete ihm Waldhausen bei. »Aber das sind alles Fragen, die erst geklärt sein müssen, bevor eine Versicherung zahlt. Und Kirmes-Schmitz hat auf diese Klärung verzichtet.« Er sah das verblüffte Gesicht von Bahn. »Meine Mutter ist Rechtsanwältin. Daher habe ich mein Wissen.«

Küpper nickte zustimmend und zugleich ungläubig. Er hatte längst verstanden.

»Kirmes-Schmitz hat für andere gezahlt, hat einem armen Schwein helfen wollen und ist selbst zum armen Schwein geworden.«

»Und was ist mit den Sozialliberalen und mit dem Typen, der den Sozialliberalen die Zapfanlage vermittelt hat?«, wollte Gisela wissen.

»Was ist denn mit denen?«

»Was soll denn mit denen sein?« Waldhausen lächelte bitter. »Ich habe vor wenigen Tagen mit den Sozialliberalen telefoniert. Der Kurreck konnte sich an nichts erinnern.«

»Das sagt er«, fiel ihm Bahn ins Wort. »Das glaube ich dem nie im Leben.«

»Das sagt er«, fuhr Waldhausen ruhig fort. »Er sei nicht bei dem Fest gewesen. Von den Besuchern des damaligen Sommerfestes kenne er nur die wenigen Parteimitglieder, die er auf den Bildern in den Zeitungen gesehen habe. Der Zwischenfall müsse sich außerdem nach dem eigentlichen Fest ereignet haben. Man habe um Mitternacht Schluss gemacht. Danach sei es wohl eine private Feier gewesen, für die die Sozialliberalen nicht mehr Verantwortung tragen.«

»Der tut sich gut raus«, brummte Bahn verärgert.

»Was ist denn mit dem Typen, der die Anlage vermittelt hat?«

»Nichts. Keiner weiß etwas von ihm. Oder will etwas von ihm wissen. Vielleicht gibt's den auch gar nicht«, bemerkte Waldhausen.

»Den gibt's!«, widersprach ihm Thea heftig. »Wenn Konrad das geschrieben hat, dann gibt's den auch!« Sie funkelte Waldhausen böse an, der entschuldigend die Hände hob.

»Selbst wenn«, mischte sich Küpper beruhigend ein, »was hat das denn unmittelbar mit dem Tod von Kirmes-Schmitz zu tun?«

»Sie meinen, mit dem Mord?«, korrigierte Bahn schnell. Wegen Thea am Tisch blieb er beim förmlichen Sie.

»Von mir aus auch Mord«, stöhnte der Kommissar. »Wenn Sie meinen.«

»Da kommt wohl ein zweiter Faktor hinzu«, erklärte Waldhausen. »Kirmes-Schmitz hat wohl erkannt, dass er zum einen ausgetrickst wurde und gleichzeitig unschuldig für Fehler anderer blutete. Und er hat wohl erkannt, dass er nicht der einzige war, mit dem rüde umgegangen wurde.«

»Wieso?«, meldete sich Bahn fragend.

»Helmut, du bist einfach blind«, grinste Waldhausen. »Du wirst es noch früh genug erfahren.«

»Wann denn?«

»Du musst nicht mehr allzu lange warten«, tröstete ihn der Lokalchef. Er prostete den anderen genüsslich zu. »Nicht mehr lange und du kennst den Mörder von Kirmes- Schmitz.«

»Und Sie kennen obendrein den Mörder des Ober-Penners, Herr Bahn.« Auch der Bernhardiner gab sich zum Verdruss von Bahn geheimnisvoll.

»Ihr könnt mich alle mal«, schimpfte Bahn, der sich gehänselt fühlte. »Warum weiß ich nicht das, was wohl alle hier wissen?«

»Du konntest halt noch nie eins und eins zusammenzählen«, zog ihn Gisela auf. Sie sah ihn zärtlich an. »Eins und eins, das macht manchmal auch drei, mein Liebster.«

»Ist es soweit?«, fragte Thea spontan mit glänzenden Augen, während Bahn seine Freundin atemlos anstierte.

Sie lachte schallend: »Habe ich etwa etwas gesagt?«

Bahn drehte sich erleichtert und verärgert ab. »Ihr spinnt doch alle!«

Selbst Küpper konnte sich ein Grinsen nicht verkneifen, was Bahn noch mehr erzürnte. Sogar der Bernhardiner ließ ihn zappeln. Das sind schöne Freunde, schimpfte er.

»Wann gibt's denn die PK zum Unfall auf der Kirmes?« Waldhausen versuchte, die Stimmung zu entkrampfen.

»Ich dachte an Dienstag«, schlug der Kommissar vor. »Dazu ist ja schnell eingeladen.«

»Können wir denn nicht diese PK mit der Abschluss-PK der Stadt zusammenlegen. Das ist dann ein Aufwasch«, überlegte Waldhausen. »Da gibt es bestimmt Querverbindungen, und es ist doch umständlich, wenn wir anschließend Grundmann noch einmal zu einer Stellungnahme bewegen müssen. Macht doch eine gemeinsame PK von Stadt und Kripo«, empfahl er.

Der Kommissar stimmte zu. »Ich werde mit Grundmann reden. Das erspart uns und ihm viel Arbeit. Das müsste klargehen.«

»Sonst noch jemand?« Bahn hatte sich immer noch nicht beruhigt. »Sollen wir nicht auch noch unseren allseits beliebten Bürgermeister dazu nehmen? Und vielleicht auch noch einen Staatsanwalt? Oder sonst noch jemand, der gerade in Düren unterwegs ist und einen Satz ohne Stottern sagen kann?«

»Bahn, sei still!« Gisela sprach ihn zornig an. »Du machst dich unbeliebt.«

Küpper drängelte zum Aufbruch. »Ich muss noch zu meiner Mutter«, meinte er entschuldigend und ließ die anderen stehen.

Thea wollte noch nicht nach Birkesdorf. »Lasst uns noch einen Kirmesbummel machen«, schlug sie vor.

»Ich habe da eine Idee. Jeder sucht sich eine Biersorte aus und an jedem Bierstand, wo es sie gibt, muss er die Runde bezahlen. Ich nehme Bitburger.«

»Und ich Warsteiner.« Waldhausen stimmte ihrem Vorschlag sofort zu.

Gisela überlegte.

»Dann nehme ich Veltins! Und du, Helmut?«

Bahn dachte nach. Da blieb ja nicht viel. Er erinnerte sich nur noch an eine andere Sorte, die ihm in diesem Jahr in Erinnerung geblieben war.

»Da bleibt für mich wohl nur noch Karlsbronner oder wie das Zeug heißt.«

Es wurde ein teurer Abend für Bahn und er war froh, dass
die Annakirmes am Abschlusssonntag schon früh beendet wurde.

»Du hast recht, meine Liebe«, meinte er zu seiner Dauerfreundin, als sie Arm in Arm den langen Weg nach Hause zur Kampstraße wanderten. Den Porsche hatte er vorsorglich an der Polizeiinspektion stehen lassen.

»Manchmal bin ich wirklich blind.«

»Aber jetzt blickst du durch?«

»Nein«, bekannte Bahn grinsend, »aber ich sehe wenigstens wieder auf einem Auge. Ich kriege das nur noch nicht alles auf die Reihe.« Er erzählte ihr, was er entdeckt hatte.

Gisela hörte ihm aufmerksam zu.

»Und weißt du was? Fritz hat das schon längst gewusst.«

»Bestimmt. Und er hat mir deshalb auch verboten, einen Artikel zu schreiben. Jetzt weiß ich, warum.« Bahn blieb kurz stehen.

»Und ich kann ihn jetzt auch verstehen.« Als sie nach ihrem Fußmarsch an der Kampstraße ankamen, war der Rausch fast schon wieder verflogen. Bahn erinnerte sich an das Kneipengespräch.

»Kannst du mir noch einmal deine Mathematik erklären?«, bat er Gisela. »Du weißt schon, eins und eins...«

»Das macht und bleibt zwei, auch bei uns«, lachte sie.

Sie schlang ihre Arme um seinen Hals. »Auch heute Abend, selbst wenn wir uns noch so sehr bemühen. Aber wir können ja üben.«

Protokoll mit einem Toten

Fast zeitgleich mit Grundmann fuhren Bahn und Waldhausen auf den Besucherparkplatz der Dürener Polizei. Bahn parkte seinen Porsche rückwärts direkt neben einem Krankentransportwagen. Waldhausen hatte alle Mühe, vom Beifahrersitz ins Freie zu klimmen, wobei er sich krampfhaft bemühte, mit der Beifahrertür nicht anzustoßen.

Forsch setzte Grundmann seinen Landrover neben den alten Sportwagen. Er war in Begleitung von Walter, grüßte kurz, als er die Journalisten erkannte und ging dann schleunigst hinter dem Bürgermeister her.

»Hast du eigentlich etwas über das Sommerfest der Sozialliberalen vor drei Jahren gefunden?« Walters Erscheinen hatte bei Bahn die Erinnerung geweckt.

»Bei uns stand nichts Besonderes.« Waldhausen schüttelte verständnislos den Kopf. »Wenn ich den Schwachsinn lese und das unmögliche Foto sehe, dann frage ich mich allen Ernstes, was ihr vor einigen Jahren für ein Blatt gemacht habt. Das war doch totaler Schrott, den kein Mensch braucht. Wen interessiert denn schon ein unegales Sommerfest einer Partei, bei dem es außer Bier und Grillwürstchen nichts gibt? Unser Tageblatt war die beste Werbung für die Dürener Zeitung und die Nachrichten. Die brauchten doch nichts zu tun, die mussten nur unser Blatt als abschreckendes Beispiel den Leuten vorzeigen. Wir sind tatsächlich erst besser geworden, als Konrad Schramm aufgetaucht ist und in der Redaktion mitgemacht hat.«

»Und jetzt?« Auf die Antwort seines Chefs war Bahn gespannt.

»Wir bemühen uns, Helmut«, antwortete Waldhausen gelassen. »Wir bemühen uns und wir werden von Tag zu Tag besser.«

»Sind wir denn inzwischen besser als die anderen?«

Waldhausen ließ sich nicht aus der Reserve locken. »Das müssen unsere Nachfolger entscheiden, nicht wir.«

Der hätte sich gut mit Konrad gemacht, dachte Bahn, während er pustend hinter Waldhausen her schritt, der geschwind durch das Treppenhaus bis in den vierten Stock eilte. Das wäre ein Team gewesen.

Herzlich begrüßte sie Küpper am Eingang zum Besprechungszimmer. »Pünktlich auf die Minute. Wir können sofort anfangen. «

Beim Blick durch den Raum sah Bahn nur bekannte Gesichter. An der Kopfseite des großen Tisches hatten es sich Walter und Grundmann bequem gemacht. Neben ihnen an der Seite waren die Plätze von Küpper und Meier.

In einer von Waldhausen spöttisch als »Sicherheitsabstand« bezeichneten Entfernung mit mehreren freigebliebenen Stühlen hatten sich die Journalisten der Tageszeitungen, der Wochenblätter und von Radio Rur niedergelassen und ihre Blocks oder Aufzeichnungsgeräte abgelegt. Kollegen von auswärts hatten auf den

Weg nach Düren verzichtet. Für die war die To-des-Kirmes schon abgehakt. Die Bild-Zeitung und der Kölner Express hatten garantiert Verbindungen zu einigen Kollegen geknüpft und ließen sich die Ergebnisse der Pressekonferenz per Telefon mitteilen, um dann zu entscheiden, ob sie überhaupt noch eine Notiz davon bringen würden. Auch Waldhausen hatte einen Anruf aus Bonn erhalten, er sollte den ehemaligen Kollegen berichten, welche neuen Erkenntnisse es über den Unfall an der Wasserrutsche gibt. Der Kollege würde dann auch eine Presseagentur beliefern.

Doch dauerte es geraume Zeit, ehe das Thema auf diesen tragischen Punkt kam. Zunächst hielt Walter seine euphorische Rede über die Erfolgstage. »Über eine Millionen Besucher waren auf der Annakirmes, davon mindestens die Hälfte von auswärts. Das zeigt doch ganz deutlich, welche Attraktivität unsere Kirmes besitzt.«

»Der übertreibt maßlos«, flüsterte Bahn seinem Lokalchef zu. »Das sind zum Großteil die Leute aus der näheren Umgebung, aus Langerwehe, Merzenich und Nörvenich oder der Eifel, etwa, die ohnehin zum Einkaufen nach Düren kommen. Oder glaubst du etwa, es verirrt sich einer aus Aachen nach hier? Die rümpfen doch nur die Nase, wenn die den Namen Düren hören.«

Waldhausen winkte streng ab. Er fühlte sich durch das spöttische Gerede von Bahn gestört.

Walter sprach von der Wirtschaftskraft, die durch den Rummel nach Düren gezogen werde. Die Stadt jedenfalls sei zufrieden mit dem werbemäßigen und den wirtschaftlichen Erfolg.

»Ich glaube, unser Kirmesdirektor Grundmann hat endgültig den Schatten seines Vorgängers übersprungen und bewiesen, dass er der richtige Mann für unsere Annakirmes ist.«

Grundmann lächelte stolz in die Runde, als Walter ihm anerkennend auf die Schulter klopfte.

Bahn und andere Kollegen schrieben kräftig mit, Waldhausen hingegen runzelte nur die Stirn, der Vertreter eines Anzeigenblättchens machte sogar noch ein Foto von dieser Siegerpose.

Es hatte den Anschein, als wollte Walter überhaupt nicht mehr mit seiner Lobeshymne auf die Annakirmes aufhören, die er zum ersten Mal nach der letztjährigen Kommunalwahl in seiner Funktion als Bürgermeister eröffnet hatte. »Und ich glaube, ich habe es gut gemacht, nicht wahr, meine Herren?« Walter erwartete selbstverständlich keine Antwort auf seine Frage. »Ich kann Ihnen versprechen, es wird noch besser werden. Dafür werde ich schon sorgen«, krächzte er heiser.

»Zur Sache, bitte!« Laut unterbrach Waldhausen den Bürgermeister. »Sie wiederholen sich. Was ist denn mit der Wasserrutsche?«, fragte er ungeduldig.

Walter wollte entrüsten loslegen, doch kam ihm Küpper zuvor.

»Wenn es Ihnen recht ist, Herr Bürgermeister, informiere ich die Presse über den Unfall?«

Walter nickte verärgert. »Bitte sehr, wenn Sie meinen«, sagte er eingeschnappt.

Der Kommissar schilderte noch einmal den Ablauf des Unfalls und kam dann auf die Ursachen zu sprechen. »Ursächlich ist eindeutig ein gebrochener Bolzen als Folge einer Materialermüdung. Das haben gutachterliche Untersuchungen einwandfrei festgestellt. Es gibt also insofern keine kriminelle Handlung.«

Die Journalisten schienen mit dieser Auskunft zunächst zufrieden und nickten.

Waldhausen freute sich schon auf die Exklusivgeschichte, die er mit Küpper und eventuell mit Meier machen würde. Aber er hatte sich zu früh gefreut. Küpper hatte anscheinend doch schon zu viel gesagt.

»Herr Kommissar, sie sprachen davon, dass es insofern keine kriminelle Handlung gibt. Wieso insofern?«, fragte der DZ-Mann Krupp. »Gab es denn eventuell in anderer Hinsicht eine kriminelle Handlung?«

Der Bernhardiner blickte fast schon entschuldigend zu den Tageblatt-Redakteuren. »Vielleicht. Wie Sie wissen, handelt es sich bei den verunglückten Aufbauhelfern um Polen. Es ist noch nicht geklärt, ob sie rechtmäßig auf dem Kirmesplatz tätig waren.«

»Es kann also sein, dass Sie nicht versichert waren?« Krupp ließ sich mit der dürftigen Antwort nicht abspeisen.

»Das kann durchaus so sein«, bestätigte Küpper.

»Und deswegen ermittelt die Staatsanwaltschaft?«, hakte Krupp nach.

»Der würde gut zu uns passen.« Jetzt hatte sich Waldhausen flüsternd an Bahn gewandt, der ihn angrinste.

»Der geht nicht weg von der DZ. Der wird uns noch viel Ärger bereiten, wenn der erst mal Redakteur ist.«

»So ist es«, bestätigte der Bernhardiner Krupps Frage.

»Ist denn die illegale Beschäftigung ein Einzelfall oder gibt es die häufiger? Hat die Polizei und die Staatsanwaltschaft auch andere Schausteller überprüft?«

Verdammt noch 'mal, der macht mir alles kaputt, fluchte Waldhausen, während Bahn entgeistert dreinschaute und befürchtete, Krupp würde seine Annakirmes demontieren.

»Wir haben uns am konkreten Fall zu orientieren«, antwortete Küpper bestimmt.

»Und in diesem uns vorliegenden, konkreten Fall scheint es so zu sein, dass eine illegale Beschäftigung nicht unbedingt ausgeschlossen werden kann, um es einmal vorsichtig auszudrücken.«

Der Bernhardiner setzte seinen betrübten Blick geschickt ein. »Die Staatsanwaltschaft ermittelt noch, Herr Krupp. Ich werde sie bitten, Sie und Ihre Kollegen unverzüglich über das Ergebnis dieser Ermittlungen zu informieren.« Er lächelte gequält. »Ich bin auch darauf gespannt.« Krupp schwieg kurz und machte sich ein paar Notizen.

»Wie sieht's denn bei der Stadt aus?«, fragte er, während er noch schrieb. »Werden denn die Arbeitspapiere der auf der Kirmes Beschäftigten nicht kontrolliert?«

»Im Prinzip schon«, bestätigte Grundmann. »Aber wir können nicht überall gleichzeitig sein und wir bekommen auch nicht alle Helfer zu Gesicht. Aber ich bin davon überzeugt, dass die meisten, ich würde sogar

sagen, dass fast alle Schausteller, bis auf äußerst wenige Ausnahmen, sich an alle gesetzli-
chen Vorgaben halten. Da werden Sie mir doch
wohl recht geben. Herr Meier?«

Grundmann sprach den Vorsitzenden der Dürener Schausteller direkt an.

Waldhausen musste grinsen. Was sollte Meier
denn jetzt schon sagen?

»Selbstverständlich, Herr Grundmann«, antwortete Meier prompt. »Unsere Schausteller
sind noch nie wegen falscher oder fehlender
Papiere aufgefallen. Bei uns ist immer alles in
Ordnung.« Schwarze Schafe gebe es zwar in jeder Branche, aber ihm sei im Schaustellerge-
werbe kein einziger Fall bekannt. »Und auch im
Fall meines Kollegen, der die Wasserrutsche be-
treibt, möchte ich mit einem Urteil noch zurückhaltend sein. Wir müssen erst abwarten,
was der Staatsanwalt ermittelt. Wahrscheinlich
wird sich dann herausstellen, dass alles in Ordnung war.«

Das kannst du deiner Oma erzählen, lieber
Franz, dachte sich Bahn. Aber der Schausteller-
chef hatte natürlich aus seiner Sicht richtig reagiert. Das Gegenteil war noch nicht nachzuwei-
sen.

Krupp sah ein, dass er hier nicht weiterkam und wechselte das Thema. »Wie sieht denn Ihre Kirmesbilanz aus, Herr Meier?«

Waldhausen betrachtete es mit Gelassenheit, dass der DZ-Mitarbeiter die Regie übernommen hatte. Der würde dann zufrieden nach Hause gehen und er selbst konnte mit seinen eigenen Fragen im Anschluss an die offizielle Pressekonferenz im kleineren Kreis rausrücken. Er beruhigte Bahn, der nervös Krupps Frage noch ergänzen wollte.

»Ich kann in erster Linie nur für meine Kollegen aus dem Dürener Raum sprechen«, erklärte Meier, »und ich muss sagen, dass wir trotz der Sperrstundenregelung durchaus zufrieden sind. Um es kurz zu machen: Unsere Umsatzerwartungen sind erfüllt worden.« Er schwieg kurz und gab damit den Journalisten Gelegenheit, Stichworte zu notieren. »Auch die Beschicker von auswärts mit den großen Fahrgeschäften und Ständen sind durch die Bank zufrieden mit dem Geschäft.«

»Düren ist halt eine richtige Kirmesstadt«, mischte sich Walter heiser ein. »Hier kommen alle auf ihre Kosten und darum kommen auch alle gerne nach hier.« Der Bürgermeister drängelte zum Aufbruch. Nach seiner Auffassung war alles gesagt, was gesagt werden musste.

»Eine Frage habe ich noch«, meldete sich Waldhausen ruhig. »Wie sieht denn das Geschäft für die Stadt Düren aus? Wie hoch sind die Einnahmen aus den Standgebühren, Herr Grundmann? Hat es sich gelohnt für die Stadtkasse?«

»Das geht Sie gar nichts an, Herr Waldhausen!« Walter sprach erzürnt auf ihn ein. »Herr Grundmann ist nicht befugt, darüber Auskünfte zu geben.«

»Wer sagt das?«

»Ich, Herr Waldhausen.«

»Ich kriege gleich einen Lachkrampf, Herr Walter.« Waldhausen blickte den Bürgermeister streng an. »Seit wann hat denn hier ein einfacher Bürgermeister zu entscheiden, ob ein Amtsleiter etwas sagen darf oder nicht? Das entscheidet in Nordrhein-Westfahlen in den meisten Fällen noch der Stadtdirektor. Und das ist zumindest in Düren der Fall. In Aachen wäre es vielleicht etwas anders. Da gibt's ja bekanntlich die Doppelspitze nicht mehr und ist Ihr ehemaliger Bürgermeisterkollege nunmehr hauptamtlicher Verwaltungschef«, dozierte er. »Also lassen Sie bitte Herrn Grundmann antworten.« Walter schluckte und sah den Tageblatt-Chef grimmig an. Dann nickte er kurz zu Grundmann.

»Auf Heller und Pfennig kann ich es Ihnen natürlich nicht sagen. Da muss ich erst alle Abrechnungen sehen«, antwortete Grundmann. »Sie wissen wahrscheinlich, dass es unterschiedliche Berechnungsgrundlagen gibt, die von Schausteller zu Schausteller differieren können.«

Waldhausen winkte ab. »Ich will keine theoretische Abhandlung über die Gebührenerhebung. Ich will wissen, ob Ihr Ansatz im diesjährigen Haushaltsplan erfüllt wurde oder unterschritten wird.«

Grundmann lächelte wieder souverän. »Der Ansatz wird auf die Mark genau erreicht, davon können Sie ausgehen.«

»Also keine überplanmäßigen Mehreinnahmen?«

»Nein, wir haben die Einnahmen schon hoch angesetzt. Da können wir gar nicht mehr drüber kommen.«

Waldhausen gab sich mit der Antwort zufrieden.

Küpper wandte sich flüsternd an Grundmann, der bestätigend nickte, und beendete die Pressekonferenz.

Die Journalisten verließen den Raum und hasteten zum Ausgang. Sie wollten noch vor der

Mittagspause in den Redaktion Bericht erstatten.

Waldhausen näherte sich mit Bahn wieder dem Treppenhaus, während ihre Kollegen diskutierend in den Aufzug stiegen. Kaum hatte sich die Lifttür hinter ihnen geschlossen, trat Waldhausen zurück in das Treppenhaus.

»Komm!«, sagte er zu dem überraschten Bahn.

»Gehen wir noch zu Küpper.«

Im Büro des Kommissars saß bereits Grundmann. Wenzel hatte es sich wieder in einer Ecke bequem gemacht.

»Ich hoffe, wir stören nicht allzu sehr«, entschuldigte sich Waldhausen, doch Küpper bat sie, sich zu ihnen zu setzen.

»Wo haben Sie denn unser aller Bürgermeister gelassen?«, wandte sich Bahn fragend an Grundmann.

153

Der sei von einem seiner persönlichen Referenten abgeholt worden, antwortete der Beamte.

»Dann kann er Sie wenigsten nicht kontrollieren, wenn Sie aus Ihrem Amtsbereich informieren«, lachte Küpper. »Geht der Ihnen nicht auf den Keks mit seinem ständigen Einmischen?«

Doch Grundmann blieb reserviert. »Man findet sich mit vielen Dingen ab. Es ist außerdem nicht schlecht, wenn der Bürgermeister über alles Bescheid weiß.«

»Weiß er denn über alles Bescheid?«, fragte Waldhausen.

»Ich denke schon.«

»Und manchmal weiß er früher Bescheid als Sie, nicht wahr?«

Grundmann verstand die Frage von Bahn nicht.

»Ich denke da nur an den Wirt des Festzeltes, der zuerst mit Walter verhandelt hat. Sie durften dann nur noch den Vertrag unterschreiben.«

»Der Vertrag war aber rechtens«, beeilte sich Grundmann zu versichern.

»Das streite ich nicht ab«, bestätigte Bahn.

»Nur ist sein Zustandekommen ungewöhnlich.«

»Apropos ungewöhnlich, Herr Grundmann«, Waldhausen übernahm die Gesprächsführung, »finden Sie es eigentlich nicht ungewöhnlich, dass es in diesem Jahr auf der Annakirmes nur eine einzige Biersorte gab, sehe ich einmal vom Festzelt und der Sonderbehandlung für Zimmer ab?«

Bahn grinste. Das war es gewesen, was er auf dem Rummel solange übersehen hatte! Erst am Sonntag, als die anderen auf seine Kosten trinken konnten, war es ihm aufgefallen.

»Was soll daran ungewöhnlich sein?« Grundmann blieb gelassen. »Die Besitzer dieser Bierstände haben wohl die Bedingungen der Stadt Düren als Einzige erfüllt.«

»Oder Sie haben sich nicht von den in den letzten Jahren vervierfachten Gebühren abschrecken lassen?« Bahn blickte langsam durch. »Wie etwa der ›Ärme Paul‹?«

»Oder der Keller, der Frings, der Mertens, die alle in diesem Jahr nicht mehr gekommen sind, Herr Grundmann.« Waldhausen lächelte böse. »Oder die Herren Müller, Schneider, Koch und wie sie alle heißen, die schon im letzten Jahr oder gar schon vor zwei Jahren die Segel gestreckt haben, weil es ihnen zu teuer wurde.«

»Wie kommen Sie darauf?« Grundmann zeigte keine Nervosität.

»Die Namen habe ich dem jeweiligen Verzeichnis der Schausteller entnommen, das die Stadt in ihren Pressemappen verteilt. Da fehlen jedes Jahr bekannte Namen«, erklärte Waldhausen bereitwillig und Bahn schlug sich vor den Kopf. Darum also sollte er die Mappen in die Redaktion bringen.

»Und erstaunlicherweise schenken die neuen Bierbuden alle Karlsbronner aus«, fuhr Waldhausen fort. »Ich kann mir nicht vorstellen, dass das Zufall ist.« Er blickte Grundmann offen ins

199

Gesicht. »Wissen Sie eigentlich, dass hinter allen diesen neuen Bierbuden ein einziger Mann steht? Die Wirte, die die Stände auf der Annakirmes betreiben, sind alle bei einem Mann angestellt. Der hat jetzt das Monopol auf der Kirmes und bestimmt den Preis.«

»Wer hat denn die Verträge abgeschlossen?«, fragte Bahn. »Doch wohl Sie, Herr Grundmann, oder?«

»Ja, aber das ist doch alles legal.«

»Und die Provision? Ist das auch legal?«

»Ich verstehe nicht«, antwortete Grundmann verunsichert.

»Sie haben doch garantiert eine Provision dafür bekommen, dass Sie bei gleichen Angeboten die Karlsbronner Stände bevorzugten. Oder etwa nicht?«

»Das ist eine bodenlose Unterstellung.« Grundmann schüttelte heftig den Kopf. »Habe ich nicht. Ich habe nur auf Anweisung gehandelt.«

»Auf wessen Anweisung denn?«

»Das sag' ich nicht«, antwortete er patzig.

»Na ja, ist ja auch egal«, meinte Waldhausen. »Fest steht für mich jedenfalls, dass Sie, ob auf Anweisung oder nicht, in den letzten drei Jahren alle alten Wirte aus dem Kirmesgeschäft gedrängt und alle Ausschankerlaubnisse auf eine Biersorte übertragen haben. Das wäre ja alles noch nicht einmal so tragisch«, fuhr er gefährlich ruhig fort. »Aber warum haben Sie meinen Kollegen Bahn belogen?«

Wieder zweifelte Bahn an seinem Verstand. Worauf wollte Waldhausen jetzt hinaus?

Und auch Grundmann verstand offensichtlich nicht, was Waldhausen meinte.

»Sie haben meinem Kollegen Bahn doch gesagt, Sie kennen Kirmes-Schmitz nicht, wenn ich mich richtig erinnere. Oder Helmut?«

»Das stimmt, Fritz. Herr Grundmann hat mir vor der Kirmes gesagt, das müsse vor seiner Zeit gewesen sein.« Bahn dachte nach. »›Den hat wohl Zins mitgenommen‹ oder so ähnlich haben Sie damals gesagt.«

»Na, den Namen kannte ich schon«, beschwichtigte Grundmann, »aber sonst.«

»Sie kannten ihn also nicht persönlich?«, hakte Waldhausen nach.

»Nein.«

»Sie haben ihn nie bewusst gesehen?«

»Nicht dass ich wüsste?«

»Sie haben ihn also nicht beim Sommerfest der Sozialliberalen vor drei Jahren im Rurpark gesehen, als er dort die Zapfanlage ablieferte?«

Grundmann stutzte kurz. »Nein, woher sollte ich?«

»Weil Sie den Sozialliberalen die Anlage vermittelt haben, Herr Grundmann. Sie waren doch bei dem Fest dabei!« Waldhausen kramte in seiner Aktentasche.

»Hier! Auf dem Bild aus der Dürener Zeitung vom damaligen Fest sind Sie doch ganz deutlich neben Walter zu sehen.« Er legte einen Zeitungsausschnitt auf den Tisch, auf dem eine Gruppe zu erkennen war, zu der auch Grundmann gehörte.

»Ja und? Ich war auf dem Fest. Aber ich habe nichts mit der Zapfanlage zu tun. Die muss jemand anders vermittelt haben.«

»Das behaupten Sie.«

»Das sage ich«, meinte Grundmann, »Sie behaupten das Gegenteil, ohne es beweisen zu können.« Er stand auf. »Wissen Sie was? Ich gehe. Ich habe es nicht nötig, mich von Ihnen hier verhören zu lassen. Ich habe noch genug im Büro zu tun.« Grundmann wollte zu Tür gehen.

Aber Wenzel stellte sich ihm in den Weg.

»Warten Sie bitte noch«, meinte er übertrieben höflich, »wir erwarten noch Besuch.«

Die Tür öffnete sich. Ein Rollstuhl wurde ins Zimmer geschoben.

»Das ist er! Das ist der Mann, der mich nach Kirmes- Schmitz gefragt hat. Das ist er!« Der Ober-Penner zeigte wütend auf Grundmann. »Das ist das Schwein, das mich erschlagen wollte!«

Grundmann war blass geworden.

»Ich denke, der ist tot!« Verstört blickte er um sich, es schien, als suche er Trost beim betrübt dreinblickenden Küpper.

»Hier will mir einer was andrehen«, beschwerte er sich lautstark. »Ich habe doch nichts getan.«

»Das glaube ich nicht, Herr Grundmann.« Der Kommissar war aufgestanden und trat auf ihn zu. »Ich glaube vielmehr, dass Sie Kirmes-Schmitz auf dem Gewissen haben.« Er blickte Grundmann scharf in die Augen.

»Und ich glaube, dass ich es beweisen kann.« Küpper ging wieder zu seinem Schreibtisch zurück. »Rufen Sie sich einen Anwalt oder lassen Sie es sein, Herr Grundmann. Sie bleiben jedenfalls hier.«

»Warum?«, stotterte der Beamte.

»Weil Sie ein Mörder sind!«

Küpper blickte Wenzel an. »Nimm ihn mit nach nebenan. Er braucht nicht alles mitzukriegen. Und sorg' schon mal dafür, dass die Spurensicherung den Wagen von Grundmann unter die Lupe nimmt«, gab er seinem Assistenten als

Bitte mit auf denWeg. »Die finden garantiert noch Spuren von der Kleidung.«

Bahn fühlte sich immer noch im falschen Film. Der Auftritt des Ober-Penners hatte ihn aus dem Gleichgewicht gebracht. Das war also die verrückte Idee von Küpper und auch von Waldhausen. Die beiden hatten alle geleimt. Bahn wusste nicht, ob er beleidigt sein sollte oder nicht. Das Verbot, über die vervierfachten Markgebühren zu schreiben, akzeptierte er noch. Das war verständlich, um nicht Grundmann vor der Pressekonferenz vorzuwarnen. Aber ihn mit einem Toten hinters Licht zu führen, der gar nicht tot war, das ging nun doch zu weit.

Er wollte protestieren, doch kam ihm Waldhausen zuvor.

»Helmut, nichts für ungut, aber es musste sein. Das hat mir dein Freund, der Kommissar, auch gesagt. Du bist zu schnell bei der Sache. Es war uns lieber, die Suppe so klein wie nur möglich zu kochen und so wenige Personen wie möglich einzuschalten. Je kleiner der Kreis, desto größer die Chance, dass die Sache klappt.« Waldhausen musste lachen. »Schau nicht so dümmlich. Du hast doch alle Beweise und Indizien zusammengetragen und in der Hand. Ohne dich würde der Mord an Kirmes-Schmitz niemals aufgeklärt werden.«

»Wieso?« Bahn verstand überhaupt nichts mehr. Er sollte den Fall gelöst haben, obwohl er der Einzige war, der nichts wusste. Das war eine Logik, die ihm nicht einleuchtete.

»Weißt du denn immer noch nicht, wie sich das alles abgespielt hat?« Küpper sah Bahn zweifelnd an. »Du musst doch rekonstruieren können, wie das abgelaufen ist. Du hast doch die wichtigsten Puzzleteilchen selbst gefunden.«

»Ich geh' gleich!«, drohte Bahn. »Nun klärt mich endlich auf.«

»Nach unserer Recherche hat Kirmes-Schmitz herausgefunden, dass Grundmann nicht nur an der Gebührenspirale gedreht hat, sondern vermutlich auch noch jemand davon profitierte«, erklärte Waldhausen. »Grundmann war wohl auch derjenige, der den Sozialliberalen die Zapfanlage vermittelte und der anschließend Kirmes-Schmitz nach der Tragödie beim Sommerfest auflaufen ließ. Grundmann hat Kirmes-Schmitz in den Ruin und in den Suff getrieben. Kurz vor seinem Tod hatte Kirmes-Schmitz dann alle Fakten zusammen, die er brauchte, um Grundmann bloßzustellen, spätestens, als er erfuhr, dass alle alten Wirte ausgebootet worden waren.« Waldhausen lief durch Küppers Zimmer auf und ab.

Bahn folgte ihm mit erstaunten Blicken.

»Am Tag seines Todes traf er erst dich, wahrscheinlich, weil er sich an das Gespräch mit Schramm erinnerte und er sich wieder in Erinnerung bringen wollte. Am Nachmittag hat er dann wohl Grundmann getroffen. Du erinnerst dich, Helmut?«

Bahn nickte. Natürlich, es war also doch Kirmes-Schmitz gewesen, den er am Beginn der Hirschgasse gesehen hatte.

»Vielleicht war es Kirmes-Schmitz, vielleicht auch nicht«, korrigierte ihn Waldhausen. »Jedenfalls war er anschließend an der Rur und hat dort, so stellen wir es uns vor, mit Grundmann gesprochen. Grundmann hat dann auf der Rurstraße in seinem Landrover gewartet und Kirmes-Schmitz über den Haufen gefahren, als dieser über die Straße gehen wollte. Du hast ja eben gesehen, was der Grundmann für eine schwere Kiste fährt.«

Bahn nickte.

»Und das können wir alles beweisen.«

»Nicht ganz«, räumte Küpper ein. »Etwas fehlt noch. Und dabei spielst du die Hauptrolle.« Er gab dem verblüfften Bahn kurze Anweisungen und ließ dann den inzwischen übernervösen Grundmann zurück ins Zimmer kommen.

»Herr Grundmann, Sie waren mit Kirmes-Schmitz an der Rur, in der Ecke, die man Mallorca nennt?«

»Nein, nie. Was sollte ich da?«

»Aber Sie wissen, wo Mallorca liegt?«

Grundmann schwieg.

»Sie brauchen nicht zu antworten. Natürlich wissen Sie das. Der Ober-Penner hat es Ihnen ja erklärt«, meinte Küpper gelangweilt.

»Aber Sie waren nicht da?«

»Nein.«

»Dann haben Sie sich also nicht mit Kirmes-Schmitz auf der Parkbank unterhalten?«

»Nein, nie.«

»Das ist aber komisch«, meldete sich Bahn zu Wort. »Ich habe noch einen Brief von Kirmes-Schmitz bekommen. Er trug ihn in seinem Lodenmantel. Da steht aber etwas anderes drin.«

Bahn stand auf und packte in seine Lederjacke.

»Hier habe ich ja noch den Briefumschlag.«

Er zeigte ihn Grundmann, der verstört und spontan sagte: »Den hat er doch in der Flasche zerknüllt.«

Waldhausen grinste. Sie hatten Grundmann übertölpelt.

»Den nicht, aber den anderen. Aber woher wissen Sie das denn, Herr Grundmann, wenn Sie doch nicht da waren?«

Der Beamte schwieg verstört.

»Für mich ist es klar, Her Grundmann«, schaltete sich Küpper entschlossen sein. »Sie haben entweder Kirmes-Schmitz nach Mallorca gefahren oder ihn dort aufgesucht. Auf der Parkbank hat er Ihnen klar aufgezeigt, welche Tricksereien Sie mit den Kirmeswirten betrieben und welche Rolle Sie beim Sommerfest der Sozialliberalen gespielt haben. Er wollte Bahn einen Hinweis geben und ihm die Kopie des Briefes der Versicherung zuschicken. Er hat Sie dann in Sicherheit wiegen wollen, als er den Briefumschlag mit Bahns Privatadresse zusammengefaltet in die leere Flasche gesteckt hat. Da glaubten Sie, Kirmes-Schmitz hätte es sich noch einmal anders überlegt. Sie gingen zu Ihrem Wagen und warteten an der Rurstraße. Irgendwann einmal würde Kirmes- Schmitz von der Rur weg auf die Straße kommen. Das war dann Ihre Chance, diesen Störenfried auszuschalten, der Ihre Karriere vernichten und die Nebengeschäfte bei den Gebührenschiebereien aufdecken konnte.«

Grundmann knickte zu Küppers Überraschung schnell ein. »Sie haben recht«, flüsterte er.

»Aber ich konnte doch nicht anders. Ich musste ihn töten, um meine eigene Haut zu retten.«

Das verstand Bahn wieder nicht. Aber er atmete erleichtert auf, als auch Küpper und Waldhausen fragend auf Grundmann schauten.

»Den Dreh mit den Gebühren hat Walter mit dem Wirt des Festzeltes zuerst praktiziert. Ich vermute, Walter hat dafür gesorgt, dass das legale Schlupfloch eingebaut wurde. Ich bekam dann aus der Verwaltung die Anweisung, nur noch Wirte mit Karlsbronner zu nehmen, die jede Gebühr bezahlen würden. Die alten Wirte wurden durch die Gebührenerhöhung abgeschreckt. In diesem Jahr brauchten dann die Karlsbronner, nachdem alle Konkurrenten aus dem Rennen gekegelt waren, nur noch die dreifache Gebühr zu bezahlen. Den vierten Teil stecken wohl andere ein.«

»Wer denn?«, platzte Bahn heraus.

»Ich weiß es nicht«, erwiderte Grundmann.

»Ich habe nur einmal mitbekommen, dass ein Wirt aus Versehen den vierfachen Betrag bezahlt hat und sich dann das zu viel gezahlte Geld an der Stadtkasse zurückgeben ließ. Den vierten Teil wird er dann wohl woanders abgeliefert haben.«

»An wen denn?«

Ich weiß es nicht, ich könnte es nur vermuten.«

»Und das Wissen behielten Sie für sich?«

»Ja. Wer sollte es mir denn abnehmen? Im Rathaus hätte mir keiner geglaubt und keiner etwas zugegeben.«

Es wurde still im Raum. Man versuchte, die Gedanken zu sortieren.

»Ich glaube Ihnen die Geschichte nicht ganz. Ich denke mir, dass Sie selbst den vierten Teil der Gebühr einkassiert haben«, mischte sich schließlich der Kommissar ein. »Ob Sie dann das Geld weitergaben oder nicht, soll mir aber einerlei sein. Mir geht's um die Aufklärung eines Mordes und sonst nichts.« Er blickte Grundmann prüfend an, der schweigend zu Boden starrte.

»Außerdem«, Grundmann blickte wieder auf und stockte, »außerdem ist da ja noch die Geschichte mit dem Sommerfest. Ich habe die Anlage besorgt. Und ich habe nach dem offiziellen Teil nach Mitternacht das letzte Fass angezapft. Dann ist es passiert.« Grundmann atmete tief durch. »Nach dem Unglück machten mir meine Parteifreunde klar, dass ich dafür zu sorgen hätte, dass die Sache nicht an ihnen hängen bleiben dürfe, wenn ich nicht meinen Job bei der Verwaltung verlieren wolle. Kirmes-Schmitz und dessen Anlage seien einzig und allein mein Problem.« Er lächelte fast schon erleichtert. »Ist ja auch egal. Es ist sowieso alles vorbei.«

»Fast, Herr Grundmann. Wieso bekamen Sie denn auf einmal bei Kirmes-Schmitz und dann später bei dem Ober- Penner die Torschlusspanik?« Waldhausen hatte die Frage kaum gestellt, da fiel es Bahn siedend heiß ein.

Das Gesicht! Das Gesicht, das er gesehen hatte in der Fußgängerzone, im Stadtpark, das war das Gesicht von Grundmann gewesen. Natürlich, Grundmann hatte ihn beobachtet, als er mit den beiden Männern sprach.

»Ich hatte Angst, dass die Geschichte rauskommt und die Penner Herrn Bahn etwas über mich erzählten. Da bin ich durchgedreht.«

»Und warum ausgerechnet Mallorca. Und das gleich zweimal?« Bahn wunderte sich über sich selbst, dass er diese Frage stellte.

»Weil's auf meinem Nachhauseweg liegt. Ob ich links oder rechts die Rur entlang nach Mariaweiler fahre, das ist im Prinzip gleich. Mallorca und die Rurbrücke lagen an meinem Weg. Den Felsbrocken habe ich aus der Eifel. Ich habe ihn auf die alte Brücke geschleppt und einfach gewartet, bis der Ober-Penner vorbeikam, und habe den Fels fallengelassen. Dann bin ich ab-

gehauen, weil ich dachte, der ist tot.« Grundmann schluckte schwer. »Ich kann nicht mehr.«
Er fing an zu weinen. »Ich wollte doch nur besser sein als der Kirmesdirektor.«

Still winkte der Kommissar Wenzel herbei und
gab ihm ein Zeichen. Abführen, bedeutete es.
Der Ober-Penner musste noch warten, bevor er
wieder ins Krankenhaus gefahren wurde.

»Das glaubt mir kein Mensch«, stammelte er,
der die gesamte Zeit über sprachlos geblieben
war. »Die meinen alle, ich hätte wieder ge-
tankt.«

»Helmut, du bist ein Genie! Ohne dich wäre
Grundmann noch ein freier Mann.«

Bahn wusste nicht, wie ihm geschah bei Waldhausens Lob. Meinte er es ernst oder nahm er
ihn hoch?

»Genies haben halt besondere Fähigkeiten«,
setzte Küpper nach. »Die können nicht nur recherchieren und logisch denken, die können
auch ausgezeichnete Protokolle schreiben.« Er
verabschiedete sich von den beiden Journalisten am Türrahmen.

»Bis morgen, meine Herren. Dann erwarte ich
von Ihnen beiden jeweils ein handgeschriebe-
nes Protokoll über das Gespräch mit Grundmann. Sie werden die Hauptbelastungszeugen

der Anklage sein.« Er gab ihnen die Hand. »Ich muss jetzt noch das Protokoll mit unserem Toten machen«, stöhnte er.

»Meinst du, Walter und die Sozialliberalen stecken da mit drin?« Bahn war nach den Erfahrungen der letztjährigen Kommunalwahl sehr skeptisch geworden, was die politischen Parteien anbelangt.

»Vielleicht, vielleicht auch nicht!« Waldhausen tat gelangweilt. »Was sollen wir uns darüber den Kopf zerbrechen. Wir können nur vermuten, aber nichts beweisen. Also lassen wir die Genossen besser in Ruhe.« Er musste lächeln. »Vielleicht gibt's ja so 'ne Art Seelenverwandtschaft zwischen Walter und Grundmann. Wie sagte unser aller Bürgermeister doch noch bei der Kirmeseröffnung: ›Der stammt ja auch aus Millwiller. So wie ich.‹«

»Mariaweiler hat's dir wohl angetan. Da ziehst du noch mal hin, was?«, lachte Bahn.

»Nee, mein Freund. Wenn überhaupt auf Dauer in der Stadt Düren, dann ziehe ich nach Birkesdorf. Da tanzen die Bauern wenigstens noch auf der Hochzeit.«

Kurt Lehmkuhl, 1952 in der Nähe von Aachen geboren, war nach seinem Jurastudium in Bonn jahrzehntelang Redakteur im Zeitungsverlag Aachen. Er ist als Journalist, Schriftsteller und Dozent für Kreatives Schreiben tätig. Neben zahlreichen Romanen hat er auch etliche Kurzgeschichten veröffentlicht und zeichnet als Herausgeber für fünf Anthologien und ein Hörbuch verantwortlich. Seine aktuellen Romane erscheinen im Gmeiner-Verlag.

Die Kriminalromane von Kurt Lehmkuhl im Gmeiner-Verlag:
Raffgier, 2008, 3. Auflage 2013, ISBN 978-3-89977-751-2.
Nürburghölle, 2009, 2. Auflage 2014, ISBN 978-3-89977-1017-8.
Dreiländermord, 2010, 5. Auflage 2019, ISBN 978-3-8392-1095-6.
Kardinalspoker, 2012, ISBN 978-3-8392-1223-5.
Printenprinz, 2013, 3. Auflage 2020, ISBN 978-3-8392-1432-9.
Fundsachen 2015, ISBN 978-3-8392-1677-4.

Kohlegier, 2016, 3. Auflage 2020, ISBN 978-3-8392-1825-9.
Weißgott, 2017, ISBN 978-3-8392-2139-6.
Marionettenspiel, 1. und 2. Auflage 2018, ISBN 978-3-8392-2231-7.
Öcher Bend-Blues, 2020, ISBN 978-3-8392-2586-8.

Ebenso erscheint im Gmeiner Verlag:
Mörderisches Aachen, Krimineller Freizeitführer, 2017, ISBN 978-3-8392-2138-9.

Als E-Books bietet der Gmeiner-Verlag folgende Romane an:
Raffgier, ISBN 978-3-89977-751-2.
Nürburghölle, ISBN 978-3-89977-1017-8.
Dreiländermord, ISBN 978-3-8392-1095-6.
Kardinalspoker, ISBN 978-3-8392-1223-5.

Begraben in Garzweiler II, ISBN 978-3-7349-9222-3.
Printenprinz, ISBN 978-3-8392-1432-9.
Tore, Tote, Tivoli, ISBN 978-3-7349-9240-7.*
Fundsachen, ISBN 978-3-8392-1677-4.
Mörderische Kaiser-Route, ISBN 978-3-7349-9376-3.*
Ein Sarg für Lennet Kann, ISBN 978-3-7349-9358-9.*

Blut klebt am Karlspreis, ISBN 978-3-7349-9346-6.*
Kohlegier, ISBN 978-3-8392-1825-9.
Tödliche Recherche, ISBN 978-3-7349-9394-7.
Tödliche Annakirmes, ISBN 978-3-7349-9396-1.
Spritzen für die Ewigkeit, ISBN 978-3-7349-9231-5.*
Vertrauen bis in den Tod, ISBN 978-3-7349-9233-9.*
Die Aachen-Mallorca-Connection, ISBN 978-3-7349-9239-1.*
Aachener Grenzgänger, ISBN 978-3-7349-9430-2.*
Ein CHIO ohne Rasputin, ISBN 978-3-7349-9434-0.*
Mallorquinische Träume, ISBN 978-3-7349-9442-5.*
Tödliches Roulette, ISBN 978-3-7349-9440-1.*
Kofferjäger, ISBN 978-3-7349-9446-3.
Mörderisches Aachen, ISBN 978-3839221389.
Weißgott, ISBN 978-3839221396.
Marionettenspiel, ISBN 978-3-8392-2231-7.
Öcher Bend-Blues, 2020, ISBN 978-3-8392-2586-8.

(* = als Druckausgabe nicht mehr erhältlich)

Als Originalausgabe:
Garudas Grüße, 2019, ISBN 978-3-7481-9123-0, auch als E-Book erhältlich.

Neuauflagen von Kriminalroman:
Begraben in Garzweiler II, 2018, ISBN 978-3-7528-2469-8 (Hardcover) und 978-3-7494-4609-4 (Paperback).
Kofferjäger, 2018, ISBN 978-3-7528-9746-3.
Tödliche Recherche, 2020, ISBN 978-3-7504-0691-9.
Tödliche Annakirmes, 2020, ISBN 978-3-7519-0656-2.

Nach den Reisen sind bisher als Buch und E-Book erschienen:
Meine Welt: Mein Vietnam, Reiseerzählungen, 2015, ISBN 978-373-865-241-3.
Meine Welt: Mein Kirgistan, Reiseerzählungen, 2016, ISBN 978-373-864-208-7.
Meine Welt: Mein Kuba, Reiseerzählungen, 2016, ISBN 978-373-865-241-3.
Meine Welt: Mein Costa Rica, Reiseerzählungen, 2019, 978-3-7504-1399-3.

Des Weiteren sind erhältlich die Anthologien:

Tödlicher Selfkant (als Herausgeber und Autor), 3. Auflage 2013, ISBN 978-3-981-29262-6.
Kunterbunter Selfkant (als Herausgeber und Autor), 2017, ISBN 978-3-981-29266-4.
Nachbarn unter sich/Buren oder elkaar (gemeinsam mit Helmut Wichlatz als Herausgeber und Autor), 2013, ISBN 978-3-981-29263-3.
Mittsommernachtstexte (gemeinsam mit Helmut Wichlatz als Herausgeber und Autor), 2015 ISBN 978-3-7386-5012-9.

Als Hörbuch liegt vor:
Das Beste aus dem Selfkant (gemeinsam mit René Wagner als Herausgeber und Autor), 2015, ISBN 978-3-981-29265-6.

Eine Geschichtensammlung trägt den Titel:
Der Manöverschaden und andere unglaubliche Katastrophen, 2018, ISBN 978-3-932483-71-4.
Als E-Book erhältlich unter ISBN 978-3-7528-9722-7.